# 아홉 번째 고독

**박형숙**
소설집

# 아홉 번째 고독

아마도 당신이란 사람은
겹겹도 모자라서 아홉 겹의 고독 속에
자신을 감추고 있었던 것인지도 모르겠어요

실천문학사

# 차례

# 풀 스토리

언젠가 이런 파국이 닥쳐올 줄 알았지만 생각보다 빨랐다. 아니 그동안 알게 모르게 기다려왔던 것에 비하면 오히려 늦은 셈인가. 태환은 벌써 몇 번이나 아내의 얼굴을 향해 입술을 움찔거려보았다. 도무지 입이 떨어지지 않았다. 오늘만 잘 넘긴다면 어떻게 되겠지. 요행을 바라는 심정으로 그는 계속 미적거리고 있었다. 한 시간이 흘렀다. 아무 일도 일어나지 않았다. 그렇게 넘어가는 줄 알았다. 그러나 밤 열한시가 가까워졌을 때 아파트가 떠나갈 듯 소리쳐대는 영수의 목소리가 들려왔다. "한태환! 이 개자식아, 빨리 나와!"

아내가 서재로 쓰는 작은방에서 나왔다. 그녀는 예의 침착한 표정으로 그러나 조금은 의혹이 어린 눈길을 태환에게 던졌다.

"무슨 일이야?"

"응?"

"당신 이름을 부르고 있잖아."

"그러네."

태환의 목소리는 기어들어 갔다. 계단 아래쪽에서 쿵쾅거리는 소리가 들려왔다. 난폭하게 들리는 발소리는 점점 가까워지고 있었다.

"당신, 돈 빌렸어?"

"아니. 그게……."

"그럼?"

"그게 저……."

"여자 문제야?"

아내는 언제나 단도직입적이고 명쾌했다. 침묵을 긍정으로 파악한 그녀의 눈동자가 재빠르게 굴러가는 소리가 들렸다.

"당신이 알아서 해결해."

곧 싸늘한 목소리가 들려왔다. 평소에는 유감스러웠던 아내의 목소리가 차라리 구원처럼 여겨져 태환은 안도의 숨을 내쉬었다.

"나, 오늘 언니네서 잘게."

지갑을 챙기며 나갈 준비를 하는 아내의 뒷모습을 보면서 태환은 아내가 영수와 맞부딪치지 않기만을 바랐다. 아내만 가버리면 나 혼자 감당하면 된다. 이럴 때 아이가 없는 건 또 얼마나 다행한 일인가. 아이 낳기를 한사코 거부했던 아내의 고집에도 문득 감사한 마음이 들었다.

"문 열어! 문!"

영수는 이미 현관 앞까지 온 모양이었다. 현관문을 두드려대는 소리가 요란했다. 문을 열자 현관 안쪽으로 영수가 휘청거리며 들어왔다. 벌겋게 달아오른 영수의 입에서 술 냄새가 훅 풍겼다. 비틀거리는 영수를 뒤따라 들어온 미령이 붙잡았다. 그러나 거칠게 뿌리치는 영수의 기세에 눌려 그녀는 닫힌 현관문 앞에 우두커니 서고 말았다. 창백한 미령의 얼굴은 헐렁한 티셔츠 위에서 더욱 파리해 보였다. 태환은 미령에게 묻고 싶었다. 어떻게 된 일이오? 미령은 말 대신 쏘는 듯한 눈빛으로 대답했다. 그걸 왜 제게 물어요?

영수가 신발을 내팽개친 채 거실에 들어선 뒤로 상황은 더 급박하게 돌아가는 듯이 보였다. 그는 뜻밖에도 태환의 아내에게 시비를 걸었다. 이상한 놈 아냐? 덤비려면 나한테 덤빌 것이지. 태환이 양팔을 벌려 가로막자 영수는 몸을 날렸다. 빈약한 체구 어디에서 그런 괴력이 솟은 것일까. 영수가 휘두른 주먹에 한 대 얻어맞은 태환은 얼굴이 얼얼했다. 그러나 영수 또한 비틀거리다가 나동그라졌고 그 틈에 아내는 현관을 빠져나갔다. 뒤도 안 돌아보고 쌩한 바람을 일으키며 나가는 아내의 뒷모습을 보면서 태환은 자신의 처지를 깨달았다. 광폭해진 영수의 추궁을 혼자서 감당해야 하는 것이다. 뼛속까지 휑한 바람이 부는 것만 같았다.

"어디 갔어?"

영수는 태환의 아내가 나간 줄도 모르고 방문이란 방문은 모조리 열어보며 찾았다. 어찌나 소리를 질러대고 발길질을 해대는지 그러다가 나중에는 영수가 나동그라질 때 문갑 모서리에 찧지 않도록 옆에서 막아주어야만 했다. 얼마나 그랬을까. 사이렌 소리가 울리는가 싶더니 어느 틈에 경찰이 들이닥쳤다. 후줄근한 정복 차림을 한 경찰 셋이 신발을 신은 채로 거실에 성큼 들어섰다. 허리에 찬 곤봉을 움켜쥔 모습이 여차하면 휘두를 태세였다.

"무슨 일이오?"

키가 제일 큰 경찰이 두 눈에 힘을 준 채 영수와 태환을 번갈아 보며 물었다. 그러자 영수는 그에게 다가가 바짓가랑이를 붙잡았다.

"잘 오셨어요."

영수는 울먹이며 말했다.

"절 데려가 주세요."

바짓가랑이를 붙잡힌 경찰은 어리둥절해하며 영수를 내려다보았다.

"이것 좀 놓고 얘기하쇼."

"이 친구가 제 아내를……. 절 좀 데려가 주세요. 네?"

영수는 막무가내로 경찰에게 매달렸다. 나머지 두 경찰은 자기들끼리 키들키들 웃기 시작했다. 내일쯤 파출소에선 하루 종일 입방아질을 하겠지. 이건 뭐, 동네에서 내쫓겠다는 수작이군. 태환은 경찰이 자신의 얼굴을 기억하지 않도록 고개를 옆으로 돌렸다. 미령의 모습은 보이지 않았다. 경찰들이 들이닥쳤을 때 조용히 빠져나간 모양이었다.

"일단 이거 놓고 얘기합시다."

키가 큰 경찰이 영수를 간신히 떼어냈다. 그리고 집 안을 둘러보기 시작했다. 깨진 물건도 없었고 폭력을 휘두른 흔적도 없었다. 해야 할 일이 아무것도 없음을 깨달은 경찰은 쩝쩝 입맛을 다셨다.

"조심하쇼. 자꾸 이렇게 시끄럽게 굴면 신고가 들어오니깐."

그러고는 뒤에 서 있던 곱슬머리 경찰에게 눈짓을 했다. 곱슬머리 경찰은 형식상 필요하니 양해를 구한다며 주소지와 세대주를 확인했다. 세 명의 경찰들은 마지막으로 한 번 더 휘 둘러본 후 비실비실 웃음을 입에 문 채 가버렸다.

영수는 거실 한구석에 앉아 있었다. 셔츠 단추는 떨어져 나가 러닝셔츠가 드러나 보였고 날카로운 것에 긁혔는지 눈과 귀 사이에는 핏방울이 길게 맺혀 있었다. 영수는 여전히 흥분을 가라앉히지 못하고 씩씩댔다.

"태환아!"

"응."

"너 이럴 수 있는 거냐?"

"미안하다."

"네가 나한테……."

"미안하다."

"흐흐흑. 난 널 가장 가까운 친구로 여겼어."

"정말 미안하다."

미안하다는 말은 거의 자동적으로 흘러나왔다. 미안하다고, 진심으로 영수에게 못할 짓을 하고 있다고. 그런 감정의 습격을 받고 어쩔 줄 몰라 하던 때가 있었다. 그러나 지금은 아니었다. 입에서 흘러나오는 미안하다는 말은 진심이 아니었다. 진심이 아닌 말일수록 어찌나 거침없이 입 밖으로 튀어나오는지. 태환은 그런 자신에 대해서 혐오감을 느꼈다. 사흘 전, 비가 주룩주룩 내리던 그날 밤에 느꼈던 감정도 이런 것이었을까. 그날 밤 미령의 싸늘했던 눈빛을 떠올리자 태환은 온몸의 피가 빠져나가는 것 같았다.

토요일 밤 올림픽대로는 막힘이 없었다. 동호대교를 지날 때 영수는 깜박이를 켜며 올림픽대로를 빠져나가려는 미령을 제지했다. 처남집에 있는 아이를 거기서 그냥 재우자는 뜻이었다. 동창의 집들이에서 술을 많이 마셨던가? 숨을 쉴 때마다 시큼한 냄새가 났지만 영수는 자신이 취했다는 생각은 들지 않았다. 아니 영수의 정신은 운전석에 앉은 미령의 들숨과 날숨을 분별해낼 수 있을 만큼 또렷했다. 영수는 천천히 주머니에서 휴대전화를 꺼내 폴더를 열었다. 그러고는 번호를 검색하기 시작했고 목록의 뒷부분쯤에서 번호 하나를 눌렀다. 신호음이 여러 번 울리도록 태환은 받지 않았다. 발신번호를 보고 받을까 말까 망설이고 있음이 틀림없었다. 한참 만에 딸깍 소리가 났다. 나다. 영수의 입에서 첫마디부터 거칠게 튀어 나갔다. 놀랐냐? 오늘 얼굴 좀 보자. 어때?

태환이 순순히 그러겠다고 했으면 그 이후의 소동은 없었을지도 모른다. 아마 역 부근의 생맥줏집에서 둘은 만났으리라. 서로의 눈이 마주칠까 두려워 비껴서 앉았으리라. 맥주잔의 거품이 가라앉을 때까지 한 마디도 않다가 결국 등을 보이며 돌아섰으리라. 돌아서다 흠칫 멈춰보겠지만 그뿐……, 그냥 각자 자기 갈 길을 갔으리라. 그러나 영수는 그럴 수 있었을까? 전화를 받은 태환은 내내 우물쭈물하고 있었다. 그러니까…… 그게…… 저……. 영수는 말줄임표의 미궁 속으로 빠져나가는 태환의 뒷모습을 그려보았다. 태환은 또 뭐라고 길게 변명을 늘어놓았다. 무슨 말인지는 잘 들리지 않았다. "내가 가마." 영수가 태환의 말을 잘랐다. 달리 어쩌겠다는 생각은 없었다. 다만 녀석의 상판이라도 봐야 직성이 풀릴 것 같았다.

태환네 아파트에 도착한 뒤의 일은 잘 떠오르지 않았다. 뒤엉킨 필름처럼 엉망인 기억 속에서 태환이 처의 모습만이 떠오를 뿐이었다. 그녀는 어디로 나가려던 참인지 지갑을 들고 있었다. 영수는 그녀에게 얘기 좀 하자고 했다. 어쨌든 그녀는 자신과 같은 처지가 아닌가. 반갑지는 않겠지만 그래도 공감은 있을 터였다. 그러나 태환의 처는 영수에게 대뜸 쏘아붙이는 것이었다.

"저와는 상관없는 일이에요."

영수는 잠시 얼이 빠진 채로 서 있었다. 상관없는 일이라. 어쩌면 그녀의 말이 옳은지도 몰랐다. 이 문제는 그녀뿐만 아니라 자신과도 상관없는 일인지도 몰랐다. 그러니까 태환과 미령 두 사람만의 일인지도 몰랐다. 그러나 어떻게 그들 두 사람만의 문제일까. 이것은 모두의 문제이기도 하지 않은가. 영수는 자신도 모르게 막말이 나갔다.

"뭐, 상관이 없어?"

그때 태환이 가로막았다.

"이 여잔 피해자야. 건드리지 말라고."

그래? 그럼 미령인 가해자라서 쳤어? 영수는 말을 삼켰다. 그 대신에 주먹이 나갔다. 너무 힘을 준 탓이었는지 나동그라진 사람은 영수 자신이었다. 영수는 갑자기 자괴감이 들었다. 이건 아냐. 뭔가 잘못되었어. 주먹질을 할 생각으로 여기 온 것은 아니야. 영수는 해명을 하기 위해 몸을 일으켜 세웠다.

"어디 갔어?"

방마다 문을 열어보았지만 태환의 처는 보이지 않았다. 그 뒤로 영수는 나동그라진 기억밖에 없었다. 몇 번이나 나동그라졌는지 몰랐다. 어딘가 부딪친 것 같기도 했고 환청처럼 멀리서 사이렌 소리가 들려왔던 것도 같았다. 그러나 대부분의 기억은 희미했고 거리로 나섰을 때 머리에 와 닿던 비의 차가운 촉감만이 생생하게 기억되었다.

여기가 어딘가? 영수는 비에 젖어 축축한 머리를 흔들었다. 머리가 지끈거렸다. 정면에 보이는 냉장고, 기다란 타원형의 장식등, 벽면에 걸려 있는 가족사진. 그러니까 이곳은 자신의 아파트였다. 태환의 아파트에서 자신의 아파트까지는 걸어서 10여 분의 거리였다. 그 사이에 상가 건물이 하나 있고 그 옆에 교회가 있었다. 플라타너스가 양옆으로 우거진 도로도 있었다. 그러나 영수는 그 길을 어떻게 걸어왔는지 기억이 나지 않았다. 옷은 셔츠 단추가 떨어진 채 속옷까지 젖어 있었다. 온몸이 둔기로 맞은 듯 욱신거렸다. 왼쪽 팔꿈치 부근에 통증이 느껴져 팔을 젖혀 보니 어디에서 긁혔는지 핏자국이 세로로 길게 나 있었다. 영수는 오른손으로 팔꿈치를 쓸어내려 보았다. 손끝에 피가 묻어나왔다.

"괜찮아?"

식탁 앞에 앉아 있던 미령이 물었다. 겁을 먹은 듯 미령은 그렇게 묻기만 할 뿐 영수에게 다가서지 않았다. 영수는 대답 대신 피 묻은 손가락을 입에 넣었다. 그러고는 상처를 음미하듯 천천히 빨았다. 비릿하고 찝찔한 맛이 입안 가득 번졌다. 미령이 보고 있다가 얼굴을 찡그렸다.

"술 가져와."

영수는 미령을 향해 소리쳤다.

"벌써 많이 취했어."

"무슨 소리야? 빨리 술 가져오라니까."

미령은 마지못해 일어나 냉장고 문을 열었다. 유리병 부딪치는 소리가 나더니 곧 미령은 빈손인 채로 냉장고 문을 닫았다. 그러고는 베란다 쪽으로 걸어갔다. 잠시 후 미령은 소주병을 들고 왔다.

"여기 있어."

식탁 위에 소주병을 내려놓은 미령은 슬며시 영수 앞으로 밀었다.

잔이 없는 것을 깨닫고 미령은 다시 일어났다. 찬장에서 소주잔을 하나 꺼냈고 망설이다가 하나를 더 꺼냈다. 그러고는 두 개의 잔을 영수와 제 앞에 하나씩 놓았다.

"따라."

작고 투명한 잔이 차오르는 것을 보고 있다가 영수는 느닷없이 목이 메었다. 태환의 아파트에는 무엇 하러 갔었나? 태환의 처에게 그녀의 남편이 저지른 짓을 낱낱이 알려주고 싶었나? 아니면 분이 풀릴 때까지 태환이 녀석을 죽도록 패고 싶었나? 영수는 고개를 저었다. 아니었다. 자신이 원한 것은 복수, 응징, 그 어느 것도 아니었다. 그러고 보니 태환의 아파트에 간 까닭은 무엇을 해야겠다는 생각이 있어서가 아니라 무엇을 해야 할지 몰라서였다. 어젯밤 미령의 고백을 듣고 난 뒤 영수는 눈앞이 까마득했다. 영수는 미령과 태환에게 모두 깊은 배신감을 느꼈다. 있을 수 있는 일이었다. 미령이 내 아내이고 태환이 내 친구면 어떤가. 아내이고 친구이기 전에 남자이고 여자이지 않은가. 그렇게 수긍할 수도 있었다. 그러나, 그러면, 나는, 나는 뭐지? 여기에 생각이 미치자 영수는 가슴 한가운데가 도려내어지는 듯한 통증을 느꼈다.

영수가 간 지 얼마나 되었을까. 태환은 거실 바닥에 우두커니 앉아 있었다. 조금 전의 소동이 너무나 비현실적으로 여겨졌다. 이제 무엇을 해야 하나. 태환은 그냥 멍하니 유리창을 바라보고만 있을 뿐이었다. 유리창에 빗방울이 매달려 있었다. 주르륵 흘러내리지도 못하고 어디론가 훌쩍 뛰어내리지도 못한 채 저렇게 간신히 매달려 있다니. 문득 자신의 처지가 저 빗방울 같다는 생각이 들었다. 아내에게는 뭐라고 설명해야 하나. 소동을 피해 언니네로 가긴 했지만 내일이면 꼬치꼬치 캐물을 것이다. 아내를 생각하니 태환은 벌써부터 오금이 저렸다. 굵은 빗방울이 한 차례 유리창을 때렸다.

그날도 하루 종일 비가 내렸다. 오전 열시쯤 휴대전화가 울려서 받아보니 후배였다. 전임 자리를 얻었다고 했다. 그 소리를 들었을 때 태환은 숨이 탁 막혀와서 자신도 모르게 창문 밖을 내다보았다. 빗방울이 한 방울씩 떨어지고 있었다. 다시 휴대전화를 귀에 댔을 때 후배는 "경기도 소재 대학인데요, 뭘" 하고 겸연쩍게 웃었다. 저녁에 광화문에서 선배들을 모시겠다고 말한 뒤 후배는 전화를 끊었다. 오후에는 일간지 문화부 기자인 주연이 결혼 소식을 알려왔다. 그녀는 2년 전만 해도 태환의 애인이었다. "축하한다, 정말로 축하한다." 다소 과장되게 축하 인사를 하고 난 뒤 휴대전화 폴더를 닫았을 때 빗방울 떨어지는 소리는 타닥타닥 소리로 바뀌어 있었다. 광화문에 있는 삼겹살 집에서 태환은 후배와 멀찌감치 떨어진 창가에 자리를 잡고 앉았다. 그리고 조용히 술을 마시기 시작했다. 창가 문턱 위로 떨어지는 빗소리가 유난히 크게 들렸다. 뒤처지고 있다는 열등감을 지우기 위해 한 잔, 아무것도 붙잡지 못하고 부유하는 자신을 느끼며 한 잔, 어쩔 수 없이 인간은 혼자일 수밖에 없다고 자위하며 한 잔. 아홉시쯤 태환은 이미 거나해져 있었다.

자리에서 막 일어서려는데 같은 동네에 사는 수의사 최에게서 전화가 왔다. 비가 와서 한잔 꺾고 있으니 빨리 오라는 것이었다. 사람들이 모여 있다는 곳은 영수네 아파트였다. 왁자지껄한 소음 사이로 얼핏 여자 웃음소리가 들려왔다. 태환은 그 웃음소리가 어쩌면 미령의 것일지도 모른다는 생각을 했다.

최에게 가겠다고는 했지만 태환은 딱히 어떻게 할지 정하지 않았다. 2차를 가자는 대학 동기들과 헤어진 후 태환은 한동안 걸었다. 술집에 우산을 두고 온 것을 뒤늦게 깨달았다. 비는 가늘어져 그런대로 맞을 만했다. 아까 그건 분명히 미령의 웃음소리였지? 그래 잘도 유쾌하게 보내는군. 태환은 갑자기 심사가 뒤틀려오는 것을 느꼈다.

반년 전 마지막으로 통화했을 때 미령은 몹시 우울해했다. 태환은 걱정하는 척했지만 내심 묘한 만족감을 느꼈다. 그 정도의 후유증은 남겨야 되지 않는가. 그러나 미령이 아예 전화를 받지 않기 시작했을 때 태환은 초조해지기 시작했다. 물론 전화를 받는다 해도 또 마지못해 태환이 있는 곳으로 나온다고 해도 달라질 것은 없었다. 기껏해야 사람들 눈을 피해 드라이브나 하면서 답답한 차 안에서 자판기 커피를 홀짝거리며 헤어지느니 마느니 하는 문제로 우울한 논쟁을 되풀이할 것이다. 드디어 마침표를 찍을 때가 온 것이다. 그렇게 생각해보기도 했다. 그러나 무엇인가 미진했다. 태환은 계속 미령의 전화번호를 눌러댔다. 그것은 어쩌면 공허한 마음이 낳은 부질없는 손놀림이었는지도 몰랐다. 휴대전화에서는 태환과의 통화를 거부한다는 뜻의 벨소리만 끊임없이 울렸다.

종로2가를 지날 때쯤 태환은 자신이 영수네로 가게 될지도 모르겠다는 생각을 했다. 바지 주머니에 있는 휴대전화를 만지작거렸다. 마지막으로 한 번만 더 미령의 얼굴을 보고 싶었다. 이미 끝난 관계지만 무심한 표정만이라도 확인해보고 싶었다. 그러다가 파고다공원 쪽으로 길을 건널 때쯤 태환은 역시 가지 않는 것이 좋겠다고 생각했다. 영수네로 가서 미령을 본다 한들 단둘이 얘기를 할 수 있는 것도 아니었다. 괜히 어렵게 찾은 마음의 평정만 무너뜨리기 십상이었다. 그러나 파고다공원을 지나 5호선 지하철역을 향해 걸어가면서 태환은 다시 생각을 바꾸었다. 가겠어. 거긴 내 친구의 집이니까. 아무렴 내가 가지 못할 이유가 없지.

그날 최가 전화를 걸어오지 않았더라면, 우울한 소식이 연달아 오지 않았더라면, 추적추적 내리는 비가 감상적인 기분을 만들지 않았더라면 그러면 영수네로 가지 않았을까. 그러나 지나간 일에 가정법을 취하는 것만큼 어리석은 일은 없었다. 태환은 결국 영수네 아파트를 찾아갔고 미령의 얼굴에 처음이자 마지막으로 손을 댄 것이다. 미령의 얼굴에 일격을 가하던 그 순간은 이상하게도 비현실적인 느낌을 주었다. 한편으로는 후련하다는 생각과 또 한편으로는 돌이킬 수 없는 일을 저질렀다는 느낌이 동시에 떠올랐다. 조금은 황홀하기까지 했다. 그러나 다음 날 아침 자기 집 안방에서 눈을 떴을 때 그 모호한 황홀경의 스파크는 사라지고 없었다. 그런 일이 실제 있었는지조차 의심스럽게 여겨졌다. 미령을 때리다니. 그럴 리가 있나? 태환의 눈에 떠오르는 것은 안타까운 듯, 딱하다는 듯, 슬프다는 듯 눈을 흘기는 미령의 얼굴이었다. 저 창백한 얼굴에 어떻게 손을 댈 수 있었을까?

빗줄기가 굵어지고 있었다. 유리창의 물방울들이 형태를 잃어버리고 주르륵 흘러내리기 시작했다. 태환은 어제 오후 한 통의 메일을 받았다. 메일 내용은 간단했다. '모든 사실을 알게 되었으니 내 눈앞에서 사라지기 바람. 이행하지 않을 시 일어날 일에 대해서는 본인이 책임지기 바람. 오영수.'

유리창에 비친 풍경 또한 흐물흐물 풀어지고 있었다. 태환은 자신이 쌓아왔던 모든 것이 유리창의 빗물처럼 어디론가 떠내려가는 느낌이 들었다. 하긴 40년 동안 쌓아놓은 게 있기는 한 건가. 돈, 지위, 명예, 사랑……, 그 어느 것도 자신의 것은 아니었다. 아, 지금 처형네가 있는 아내, 정희가 있었지. 얄밉도록 냉정한 여자. 하지만 늘 한결같은 여자. 어쩌면 정희가 내 곁을 떠날지도 모르겠군. 유리창에서 미끄러져 떠내려가는 저 빗방울처럼. 태환은 불행한 미래에 대한 예감으로 부르르 몸을 떨었다.

태환이 비에 젖은 몰골로 나타났던 것은 꽤 늦은 시간이었다. 영수 아파트에서 벌어졌던 술판은 파장 무렵이어서 이미 두 사람이 자리를 떴고 남아 있던 사람은 수의사 최와 고등학교 교사인 정뿐이었다. 영수는 뒤늦게 합류한 태환을 향해 최가 눈살을 찌푸렸던 것, 그것을 본 정이 이마에 팔자 주름을 그으며 실웃음을 짓던 것을 기억했다. 미령은 아마도 술안주를 만드느라 주방에 있었을 것이다. 오래지 않아 최와 정은 자리에서 일어났다. "왜요? 벌써 가시게요?" 미령이 인사치레로 이렇게 말하자 수의사 최가 정중하게 받았다. "비도 계속 오고, 가야죠." 최가 먼저 신을 신었고 정이 식탁 쪽을 바라보았다. 식탁 한구석에 앉아 있는 태환을 향해 '같이 일어나지?' 하는 눈짓을 건넸을지도 모른다. 그러나 태환은 그대로 남아 있었다.

미령과 함께 최와 정을 배웅하고 난 뒤 영수는 태환의 맞은편에 앉았다. 미령은 영수 옆자리에 앉았다. 셋이서 술을 두어 차례 들었다. 영수의 눈이 감기기 시작했다. 초저녁부터 시작한 술자리 탓인지 갑작스레 걷잡을 수 없이 졸음이 몰려왔다. "어이, 잠깐만, 들어갔다 나올게." 그렇게 말하며 영수는 침실로 들어갔다. 소주 한 병이 주량인 영수에게는 흔히 있는 일이기도 했다. 영수는 침대에서 깜박 잠이 들었다가 갑자기 쿵 하는 소리를 들었다. 거실로 나왔을 때 미령은 머리가 헝클어진 채 주저앉아 있었고 현관을 빠져나가는 태환의 뒷모습이 보였다. "무슨 일이야?" "아무것도 아냐." "아니긴 사람 치는 소리가 났는데." "아니라니까." "난 분명히 무슨 소릴 들었어. 태환이가 쳤니?" 미령은 한참 만에 대답했다. "응." 미령은 그렇게 말하며 눈길을 피했다. "무슨 일이 있던 거지?" "……." "말해!" "자꾸 술을 달라고 해서……." "그래서 태환이가 쳤단 말이지?" "응."

'응'이라는 말이 긍정과는 이처럼 거리가 멀게 들릴 수 있을까? 영수는 미심쩍은 마음을 버릴 수가 없었다. 태환이 술에 관한 한 무절제하기는 했어도 막돼먹은 친구는 아니었다. 그만 마시라고 한다고 친구의 아내를 쳐? 누가 보더라도 납득하기 어려운 일이었다.

그날 밤은 그대로 지나갔다. 영수의 잠자리는 밤새 뒤숭숭했다. 날이 밝았다. 영수는 변함없이 출근을 하고 사무실에서 업무를 보았다. 그날따라 업무 보고서를 세 개나 결재받느라 정신없이 뛰어다녔다. 퇴근길에 운전을 하던 영수는 순간적으로 핸들을 돌려 고속도로로 방향을 틀었다. 딱히 어디로 가야겠다는 생각은 없었다. 가능하면 집에서 멀리 떨어진 곳으로 가고 싶었다. 평일 저녁의 하행선은 차량이 많지 않았다. 영수는 톨게이트를 빠져나가자마자 오른발을 액셀러레이터 안쪽 깊숙이 밀어 넣고 발끝에 힘을 주었다. 계기판의 속도계 바늘이 빠른 속도로 올라가더니 130을 넘었다. 급가속으로 아르피엠이 3,000을 넘어섰다. 가늘고 빨간 바늘이 바르르 떨리고 있었다. 계기판 바늘이 140에 머물자 속도는 그다지 느껴지지 않았다. 그러나 핸들을 약간이라도 틀면 덜컹거리는 차체의 움직임이 그대로 몸에 달라붙었다. 속도가 150에 육박했을 때 영수는 호흡이 가빠지기 시작했다. 무슨 일이 있었던 것일까. 미령은 무엇을 잘못했던 것일까. 그리고 왜……, 나는 그것이 알고 싶은 것일까. 긴장이 최고조로 오른 순간 영수는 고통스러운 신음을 토해냈다.

영수가 밤늦게 집에 돌아왔을 때 집 안은 깔끔하게 정돈되어 있었다. 욕실 앞에 쌓여 있던 속옷이며 양말 따위의 빨래가 말끔히 치워져 있었고 텔레비전 앞에 제각각 흩어져 있던 리모컨은 한군데 가지런히 놓여 있었고 식탁 위에 널려 있던 크리넥스나 약병, 메모지, 세금 고지서 등이 한구석에 정리되어 있었다. 설거지 거리가 쌓여 있곤 하던 싱크대도 깨끗했다.

미령은 우두커니 앉아 있었다. 꽤 오랫동안 그런 부동의 자세로 앉아 있었던 것처럼 보였다. 태환이 너를 친 진짜 이유는 뭐냐? 영수는 밖으로 튀어나오려는 질문을 삼키며 식탁 의자에 걸터앉았다. 그러다가 왼쪽 벽면에 걸려 있는 가족사진을 힐끗 보았다. 목을 가누지 못하는 아이와 부기가 채 가시지 않은 여자 그리고 세상의 모든 위협으로부터 보호하겠다는 듯이 아이와 여자를 양팔로 감싸 안고 있는 가장의 모습. 아이가 백일이 되었을 때 동네 사진관에서 찍었던 사진이었다. 사람들은 한사코 거실이나 식탁 한쪽 구석에 가족사진을 걸어둠으로써 자기들 가족의 결속을 다짐하곤 한다. 영수는 자신 또한 그런 통속적인 사람들과 다를 바 없다고 생각했다. 금박 테두리의 액자 안에서 5년 전의 영수, 이 가정을 내 손으로 지키겠다고 다짐했던 영수가 현재의 영수를 내려다보았다. 가정을 지키고 싶다면 더 이상 아무 말도 하지 말라는 듯이.

영수는 갈증이 났다. 물을 마시기 위해 영수는 자리에서 일어섰고 냉장고 문을 열었다. 냉장고 불빛과 함께 반찬 냄새가 뒤섞인 차가운 공기가 쏟아져 나왔다. 영수는 생수가 담긴 페트병을 꺼내 병째 들이

켰다. 사각의 페트병이 꿀럭꿀럭 소리를 내며 한꺼번에 쏟아져 내렸다. 입 밖으로 물이 조금 튀었지만 나머지는 차가운 감촉과 함께 식도를 타고 내려갔다. 물을 삼킬 때마다 목구멍이 꿀럭거렸다.

"할 말이 있어."

페트병을 냉장고 안에 집어넣는 영수의 등 뒤에 대고 미령이 말했다. 영수는 식탁 의자에 앉으며 물었다.

"뭔데?"

"당신 나하고 태환 씨하고 무슨 일 있었다고 생각하는 거지?"

영수는 아무 말 없이 미령을 바라보았다.

"맞아. 당신 짐작대로야."

"짐작대로라니?"

잠시 뜸을 들인 후 미령은 말했다.

"나, 그 사람하고 잤어."

그 순간 영수는 시선을 어디에 두어야 할지 몰라 사방을 두리번거렸다. 천장에 있는 긴 원통형의 실내등은 눈이 부셨고 벽면에서 양팔을 벌린 채 웃고 있는 사진 속 남자는 한없이 어리석어 보였다. 이럴 땐 어디를 바라보아야 하는 것일까. 숨이 탁 막혀왔다. 영수는 문득 아파트라는 곳이 사방이 꽉 막힌 아주 답답한 구조임을 절실히 깨달았다. 그랬었구나. 점잖은 친구가 주먹으로 칠 정도면 그 정도의 스토리는 있어야지. 분노야말로 애정의 또 다른 표현이니까. 영수는 거의 자학적인 쾌감을 느끼면서 고개를 끄덕거렸다. 이어서 나온 질문은 스스로 생각해도 어처구니가 없었다.

"그가 강제로 그랬니?"

영수는 완력으로 미령을 밀어붙이는 태환의 모습을 상상했다. 그랬을 것이다. 태환의 완력 때문에 미령은 어쩔 수가 없었을 것이다. 미령은 마음이 약하지 않나. 아마도 미령의 심리적 나약이 태환의 완력을 부추겼을 것이다.

"아니."

미령의 답변은 영수에게 남은 한 가닥 기대를 무너뜨렸다. 영수는 힘없는 목소리로 다시 물었다.

"그럼?"

"내가 그랬어. 자고 싶냐고."

"왜, 왜 그랬어?"

"왜냐고? 글쎄……."

"글쎄라니 그게 말이 돼?"

"그냥 궁금했어. 모든 것이……. 내게도 그런 일이 일어날 수 있는지, 내가 얼마나 자유로울 수 있는지."

미령의 말은 영수를 어떤 심연으로 빠뜨렸다. 차라리 미령이 태환을 사랑한다고 말했다면 이해하기가 쉬웠을 것이다. 잠깐 태환의 매력에 빠졌었다고 했다면 그것이 더 인간적으로 다가왔을 것이다. 적어도 거기엔 사랑이라는 감정이 있다. 그런데 한낱 호기심 때문이라니, 자기 인생에 대한 호기심 때문이라니. 이건 너무 무책임하다. 아니, 아니, 이건 자기 합리화에 불과해. 싸구려 불륜이나 저지른 주제에 자유를 말하다니. 바람둥이들의 전형적인 수법이 아닌가. 미령이 바람둥이였던가? 결혼할 무렵 미령은 단정하고 착하고 소박한 여자였을 따름이다. 겁도 없이 그런 일을 저지르다니, 또 겁도 없이 그 일을 스스로 고백하다니. 영수는 미령을 이해해보려 애를 쓰면 쓸수록 점점 더 미궁에 빠져드는 자신을 발견했다.

처음부터 그럴 작정은 아니었다. 그날 밤 수의사 최와 교사 정이 먼저 가고, 영수마저 피곤하다며 방으로 들어간 뒤 태환은 단지 얘기가 하고 싶었을 뿐이다. 한때 자신과 속 깊은 감정을 주고받았던 여자, 그러다 갑자기 냉담해져 버린 여자, 그 여자와 이렇게 단둘이 있는 것이 얼마나 오랜만의 일인지. 게다가 창밖에는 비가 내리고 있었다. 비가 오면 기분이 눅눅해져 조곤조곤 얘기를 나누기에 적당하지 않은가. 태환은 미령이 냉담해진 지난 6개월 동안 혼자서 얼마나 많은 말을 주고받았는지 모른다. 또 이런 날이 오기를 얼마나 기다렸는지 모른다.

태환의 의식은 어느새 미령을 처음 본 순간으로 돌아가 있었다. 차를 끓이기 위해 주방에서 서성거릴 때마다 찰랑거리던 원피스, 술 마실 때면 발갛게 달아오르던 얼굴, 귀 앞으로 몇 올 흘러내린 머리카락, 뭔가 말할 듯이 가늘게 떨고 있던 입술……. 보통의 여자들이라면 결혼과 동시에 잃어버리고 마는 호기심이 미령의 두 눈에 어려 있었다.

셋이서 술을 마실 때의 일도 떠올랐다. 영수는 술을 마시다가 늘 일정한 시간만 되면 졸곤 했다. 앉은 채로 고개를 꾸벅거리거나 아예 고개를 뒤로 꺾고 코를 골기도 했다. 그런 날 태환은 미령과 포도주를 마시면서 별 의미도 없는 대화를 나누었다. 사실 태환은 영수가 빠진 미령과의 술자리가 더 좋았다. 남자들 사이에서는 대개 뻔한 얘기가 오갈 뿐이고 웬만해선 서로가 속을 보이지 않는 법이었다. 영수가 코딱지나 후벼 파면서 회사 상관 욕을 해대거나 곧 목이 달아날지도 모른다고 엄살을 피우다가도 결국엔 자기 밥줄의 건재함을 과시할 때 태환이 그 뻔한 지껄임을 들어줄 수 있었던 것은 어쩌면 미령 때문이었는지도 모른다.

"저랑 자고 싶어요?" 하고 미령이 묻지 않았다면, 어느 날 밤 먼저 곯아떨어진 영수가 방으로 들어가고 미령과 단둘이 남은 뒤 술기운을 빌려 태환이 미령의 손을 덥석 잡았을 때 미령이 그렇게 묻지 않았다면, 태환은 기껏해야 낭만적인 공상에 흠뻑 취해 있었을 것이고 또 그것만으로 충분히 흡족했을 것이다. 태환은 처음에는 고개를 저었다. 어떻게 그럴 수가. 안 되는 일이지. 그러나 미령의 말은 주술 같은 힘을 갖고 있었다. 그것은 태환의 가슴 깊이 숨어 있는 욕망에 환한 등불을 달아주었다. 그러고는 남자들 특유의 경쟁심과 쓸데없는 자신감을 부추겼다. 나를 좋아하는 거야. 영수보다 내가 더 나아 보이는 거야. 그러자 태환의 가슴 한구석에서 이렇게 속삭이는 소리가 들려왔다. 어서 빨리 이 여자를 모텔로 데려가. 마음이 변하기 전에, 어서. 태환은 그 말에 순종하기로 작정했다. 다음 날 오후 태환은 미령과 함께 외곽 국도에 있는 모텔 문을 열었다.

한동안 태환은 구름 위에 떠 있었다. 이유 없이 자신만만해졌고 지나치게 낙관적이 되었다. 온갖 생각이 활발하게 떠오르다가는 돌연 노래가 흘러나오기도 했다. 이것이 사랑일까? 태환은 굳이 답할 필요를 느끼지 않았다. 태환은 그냥 미령과 함께 보내는 시간에 빠져들기로 작정했다. 그러면서 금융계 회사에서 일하는 차갑고 냉정하며 무심한 아내를 잊었고 7년째 시간강사를 면하지 못하는 무능한 자신의 처지를 잊었고 영수의 존재 또한 잊었다. 그리고 마침내 태환은 믿게 되었다. 누가 뭐래도 미령은 내 여자야.

미령이 변한 것은 언제부터였나. 미령이 변한 시점을 떠올릴 때마다 태환은 머릿속에 짙은 안개가 내려앉은 것처럼 갈피를 잡을 수가 없었다. 한동안 미령은 언제든지 달려와 주었다. 그러나 차츰 이런저런 핑계를 댔다. 차라리 싫어졌다고 말해주었다면 쉽게 마음을 접었을 텐데. 미령은 분명한 의사 표현을 한 적이 없었다. 태환이 전화를 걸어 약속을 잡을 때면 미령은 늘 모호한 말을 남겼다. 확실히 미령은 다의적이고 수사적인 표현을 좋아했다. 가령 이런 식이었다. 어떤 날은 환희란 고통을 동반하기 마련이라고 했다. 태환은 그 말을 자신과 함께 있는 시간이 기쁘다는 뜻으로 받아들였다. 그러나 다음 날이 되면 미령은 고통과 함께하는 기쁨은 투명하지 못하다고 말했다. 그 말을 들었을 때 태환은 마치 자신이 미령에게 하나의 오점에 지나지 않은 것 같아 몹시 불쾌해졌다. 시간대별로도 미령의 감정은 달라졌다. 아침에는 쾌활한 목소리로 견뎌보겠노라고 인생이란 늘 견뎌야 하는 무엇인가를 안고 있는 법이 아니겠냐고 했다가 저녁이면 싸늘해져서 말했다. 모든 것은 변하기 마련이라고.

물론 태환은 알고 있었다. 미령과 함께하는 시간이 언젠가는 끝난다는 것을. 태환은 자신에게서나 미령에게서나 이혼을 생각해본 적은 없었다. 미령과 영수의 결혼은 태환이 미령을 알기 이전에 일어난 일이었다. 그것은 막아보려야 막아볼 수 없는 일이었다. 마치 미령을 향한 태환의 감정을 어쩔 수 없듯이. 아내에 대해서도 마찬가지였다. 태환은 아내를 예전처럼 열렬히 사랑하지는 않았다. 그렇다고 해서 그것이 헤어질 이유가 되는 것은 아니었다.

언젠가 끝날 테지만 적어도 그때까지는 충실할 수 있다. 태환은 미령에 대해서 적어도 그렇게 생각하고 있었다. 그런데 끝은 언제 오는 걸까? 어느 날 문득 도달하는 걸까? 아니면 시간의 자잘한 변화들이 쌓이고 쌓여서 되는 걸까? 태환은 알 수 없었다. 희망이 없었던 관계가 의심을 낳는 것인지, 의심이 관계의 종말을 앞당기는 것인지. 한강 둔치에 앉아 차양도 없이 손등으로 햇볕을 가리며 눈앞에서 게으르게 흐르고 있는 강물을 바라보던 어느 날, 태환은 물었다.

"어제는 하루 종일 전화를 받지 않던데?"

"영화를 보고 있었어요."

"누구랑?"

"친구요."

미령은 그런 것까지 일일이 알려야 하느냐는 표정으로 태환을 바라보았다. 물론 그래야 하는 것은 아니었다. 그러나 극장이란 사방이 온통 캄캄할 뿐 아니라 은밀한 욕망이 이스트처럼 터무니없이 부풀어 오를 수 있는 곳이 아닌가.

"친구 누구요?"

"남자 친구예요. 오래전부터 알고 있는."

"단둘이서 말이오?"

"네, 둘이서요."

"그 어두운 데서?"

"왜요? 그럼 안 돼요?"

미령이 놀란 표정으로 되물었을 때 태환은 둔기로 머리를 세게 맞은 것만 같았다. 당연히 그런 일이 일어나서는 안 된다. 자신의 여자라면 친구이건 선배이건 후배이건 다른 남자와 단둘이 영화를 보아서는 안 된다. 그러나 그녀는 정말로 자신의 여자일까? 미령은 무사태평한 표정을 짓고 있었다. 그리고 그 표정은 태환의 혼란스러운 마음이 닿지 않는 머나먼 곳에 있었다. 이제 곧 그 친구에게 함께 자자는 제안을 할 테지. 지나친 억측이라 생각하면서도 태환은 격렬한 고통을 느꼈다.

그날은 미령을 그대로 보내주었다. 그러나 다음 날 동네에서 멀찌감치 떨어져 있는 공원으로 미령을 불러냈을 때에 태환은 저절로 싹튼 의심에다가 상상력이라는 살을 덧붙였고 마지막으로 날카로운 가시를 박아넣었다. "마음이 변한 거요? 아니면 애초에 마음이 없었던 거요? 적어도 나는 당신과 함께 있는 시간에는 하나라고 믿었는데……. 아니 당신이란 여자에게 조금이라도 진실이 있소? 차라리 창녀가 더 낫겠소!" 태환이 독설을 퍼부어대는 동안 미령의 얼굴은 파리하게 질려갔다. 태환은 자리를 뜨는 미령의 등을 향해 말했다. "당신은 여기 없소. 당신은 허깨비요. 허깨비 같은 당신의 감정이 나는 싫소."

그 후로 태환은 미령을 만나지 못했다. 미령은 우울한 목소리로 짧게 한 번 전화를 받은 후 다시는 받지 않았다. 태환은 자신이 받은 마음의 충격에 사로잡혀 있었고 미령의 마음을 헤아릴 여력이 없었다. 그렇다고 전화까지 거부하다니. 이런 식의 갑작스러운 단절은 불신과 다스려지지 않는 분노만을 낳을 뿐이라고 생각했다. 그러나 그것도 대상이 있을 때 가능한 것이 아닌가. 도대체 미령을 만나기는커녕 목소리조차 듣기 어려우니. 태환은 차츰 혼란스러워졌다. 감정의 혼란 속에서 분노는 체념과 연민에 자리를 내줬다.

태환은 오랫동안 미령이 자신을 유혹했다고 생각해왔다. 그러나 생각해보니 딱히 그런 것도 아니었다. 영수의 아파트를 드나들면서 태환의 눈길은 얼마나 자주 미령의 입술과 가슴 그리고 허리의 굴곡을 훑어 내렸던가. 차를 마시는 식탁 아래에서 우연인 것처럼 무릎을 기댄 건 또 어떻고. 그러다 눈이 마주치면 미안한 척 고개를 까딱거리고 눈을 내리깔면서 미령의 반응을 계산해보지 않았던가. “저랑 자고 싶어요?”라는 질문은 단지 태환의 욕망을 미령이 알아채서 대신 발설해준 것에 불과했는지도 모른다.

더 많이 사랑하는 사람이 더 많이 생각하기 마련이었다. 그리고 더 많이 생각하는 사람은 더 고통스럽기 마련이었다. 태환은 몹시 고통스러웠고 그것은 자신이 더 사랑한다는 증거라고 생각했다. 오래전 미령이 했던 말이 떠올랐다. “사랑이 슬퍼요.” 태환은 그 말이 너무나 사랑한다는 뜻인 줄 알았다. 이제 태환에게는 그 말이 달리 해석됐다. (미망에 사로잡힌 당신의) 사랑이 무척이나 슬프답니다. 그것이 미망이라면……. 어서 빨리 미령이 나타나서 자신의 미망을 걷어주길 바랐다.

그렇게 자나 깨나 기다렸던 여자가 지금 태환의 눈앞에 서 있었다. “할 말이 있소.” 태환은 미령에게 말했다. 혼자서 생각해왔던 그 많은 말들을 조리 있게 말할 수 있을지 자신은 없었다. 그러나 어쨌든 말해야 했다. 취기에 머리가 조금 흔들렸지만 태환은 애써 정신을 차렸다. 그러고는 다시 또박또박 말했다. “할 말이 있다니까. 오래 걸리지 않을 거요.” 그러나 미령은 태환을 외면했다. 방으로 들어가려는 미령을 태환은 붙잡았다. “잠깐만 얘기합시다.” 미령은 잠깐 고개를 돌렸다. 그러고는 말했다. “다 끝나지 않았나요?” 그 순간 퍽 소리를 내면서 태환의 주먹이 미령의 왼쪽 귓바퀴를 쳤다. 미령이 얼굴을 감싸 쥐고 털썩 주저앉는 것을 보고 태환은 밖으로 나왔다.

도로는 젖어 있었다. 태환의 주먹 끝에는 불붙듯이 와 닿았던 말랑말랑한 뺨의 감각이 남아 있었다. 멍한 느낌이었다. 마치 자신이 때린 사람이 아니라 맞은 사람이기나 한 듯이 얼얼한 기분이었다. 자신이 왜 그랬는지 이해할 수 없었다. 다만 밑도 끝도 없이 자신에 대한 혐오감이 몰려왔다. "다 끝나지 않았나요?" 미령이 했던 말이 귓가에서 맴돌았다. 끝이구나, 끝. 얼마나 오랫동안 듣고 싶었던 말이었나. 끝이라니.

대학 때부터 그랬지. 태환이 녀석은 끝을 몰랐어. 아무런 가망이 없는 일에 자신을 던졌다가는 밑바닥에 곤두박질쳐서 허덕이곤 했지. 재작년에 여기자 문제로 의논을 해올 때도 그런 조짐이 보였었다. 사실 그때는 부러웠다. 나이 어린 미혼녀와의 연애는 모든 기혼남의 로망이 아닌가. 그러나 녀석이 이렇게 자신의 발등을 찍을 줄이야. 이상한 놈이었다. 하고많은 여자 중에 왜 친구의 아내를 건드렸을까? 더 젊고 예쁜 여자들이 쌔고 쌨는데. 하긴 친구라고 해봤자 대학 때 서클에서 얼굴 몇 번 본 사이였으니 둘도 없는 친구라고 생각했던 것은 나만의 착각이었는지도 모르지.

갑자기 몰려든 통증으로 영수는 얼굴을 찡그렸다. 몸의 오른쪽이 욱신거리기 시작했다. 이번에는 대퇴부 쪽이었다. 둔중한 통증이 느껴졌고 통증은 오른쪽 엉덩이까지 이어져 허리가 무지근했다. 그러더니 온몸이 욱신거리기 시작했다.

어젯밤 미령은 태환과의 일을 풀 스토리로 털어놓았다. 풀 스토리라고? 하지만 그것이 전부인지, 아니면 숨겨놓은 다른 것이 더 있는지 누가 알겠는가? 게다가 미령은 지극히 무미건조한 태도로 간단한 문장들만 구사했을 뿐이다. 간단한 문장일수록 뒤가 구린 경우가 많지 않은가. 영수는 술을 들이켰다. 잔을 비우자 미령이 그 잔에 다시 술을 채웠다. 미령이 채운 잔을 영수는 다시 비웠다. 그것만이 지금 두 사람이 마음을 합쳐서 할 수 있는 유일한 일인 것 같았다.

둘은 한두 번, 혹은 서너 번쯤 모텔을 드나든 것 같았다. 어쩌면 그 이상이었을지도 모른다. 지나치게 사실적으로 떠오르는 상상이 영수의 머리를 잠시 어지럽혔지만…… 결국 영수는 둘 사이를 그리 대단하지 않은 관계로 정리해냈다. 그런 일을 저질렀다면 적어도 가는 데까지 가봐야 하는 게 아닌가. 갖고 있는 모든 것을 버리고 멀리 아무도 모르는 데로 가서 새로 시작할 각오쯤은 되어 있어야 하는 게 아닌가. 그런데 조금 전 태환의 모습은 어땠나. 그저 방어하기에 급급할 뿐이었다. 아내를 배신해놓고 그 사건의 여파에서 아내를 보호하는 척하느라 쩔쩔매는 꼴이라니. 또 미령의 모습은 어땠나. 그녀는 재빨리 현장에서 사라졌다. 한때 자신의 전부였을 남자가 무너지는 꼴을 바라볼 용기는 없다는 듯이.

이제 어떻게 한담. 무식하게 두드려 팬 뒤 맨몸으로 내쫓아? 그렇게 한다 해도 미령이는 할 말이 없을 거다. 아니다. 그렇게 촌스럽게 굴 건 없다. 합리적으로 재산 반분하고 갈라서서 양육권은 좀 더 적극적인 사람에게 넘긴다. 그리고 새로 시작하는 거다. 새로……. 그런데 무엇을 어떻게 시작한단 말인가? 이런 일이 또다시 벌어지지 않으리라는 걸 어떻게 믿지? 다른 여자들 또한 미령과 같지 않으리라는 걸 어떻게 확신하지?

탁.

미령이 술잔을 내려놓은 모양이었다. 그 눈가에는 눈물이 맺혀 있었다. 저 눈물의 의미는 무엇일까? 부끄러움, 죄책감, 두려움……. 영수는 자못 비감 어린 표정을 짓고 있는 미령의 얼굴에서 무엇인가를 열심히 찾았다. 그러나 어느 것도 아니었다. 부끄러움도 죄책감도 두려움도 거기에는 없었다. 저 눈물은 그러니까 미령이 다다른 위기의식의 표현이었다.

이상한 일이었다. 미령 또한 막다른 벽에 몰린 것이라고 생각하자 영수는 자신의 마음속에서 포효하던 분노의 파도가 잦아드는 것을 느꼈다. 그것은 마음의 기슭에서 조금씩 밀려 내려갔고 먼 바다의 물결과 만나 섞여버렸다. 한순간 영수는 홀가분해졌다. 자신의 마음이 텅 빈 해안 같다고 느꼈다. 커다란 파도가 한 번 휩쓸고 난 뒤 남은 해안. 그 복판에서 이리 뛰고 저리 뛰고 있는 것은 운이 나쁘게도 지나가는 배에서 쏜 작살에 우연히 상처 입은 한 마리 물개일 뿐이었다.

곧 훌쩍이는 소리가 났다. 해안 건너편에서 들려오는 듯 아득한 소리였다. 미령은 몸의 부피를 최대한도로 줄인 자세로 어깨를 들썩이

더니 흐느껴 울었다. 영수는 그런 미령이 아주 작고 보잘것없이 느껴졌다. 어쩌면 그녀 또한 커다란 파도에 휩쓸려 길을 잃은 것만 같아 영수는 잠시 자신의 상처도 잊은 채 미령을 물끄러미 바라보았다.

# 한낮의 꿈

발소리가 들려왔다. 콩콩거리는 작은 소리였지만 소리는 차츰 가까워지고 있었다. 발소리가 가까워짐에 따라 내 손놀림도 빨라졌다. 어쩔 수 없는 인연의 사슬처럼 세탁기 안에 뒤엉켜 있는 빨래 더미 속에서 청바지를 꺼냈다. 탈수가 된 청바지는 몹시 구겨져 있었다. 청바지에 남은 구김은 아내의 표정을 닮았다. 집에 있으면서 다 돌린 빨래 널기라도 해야 하는 거 아냐? 그렇게 말하며 물기를 짜낸 빨래처럼 인상이 구겨졌던 아내를 닮았다.

아내의 얼굴이 다림질한 것처럼 펴지려면 빨래들은 일제히 건조대에 매달려 있어야만 했다. 그쯤은 나도 안다. 내 손을 거쳐 건조대에 매달린 빨래들이 아내가 늘 주장하는 페미니즘이니, 가사 분담이니 하는 말들과 깊은 관련이 있다는 것 또한 알고 있다. 그러나 콩콩거리는 소리는 더 가까이, 마치 내 심장에서 들려오는 것처럼 울려대고 있었다. 그 소리는 이제 현관 앞에서 멈출 거였다. 더 이상 지체할 수가 없었다. 청바지가 다시 세탁기 안으로 들어가려는 순간 아내의 비난이 떠올랐다. 아내의 비난, 그것은 사실 두렵다기보다는 좀 성가신 일이었다. 하는 수 없이 청바지를 탈탈 털고는 건조대 봉 위에 재빨리 널었다. 베란다를 빠져나오는데 건조대에 널려 있던 옷들이 내 앞길을 가로막았다. 섬뜩한 느낌이 얼굴과 목덜미를 축축하게 휘감았다.

디잉동.

베란다 문턱을 넘고 있을 때 벨 소리가 들려왔다. 벨 소리는 누르다가 만 듯했다. 그녀의 것임이 분명했다. 그것은 무슨 말이든 끝을 잘 맺지 못하는 그녀의 말투와 닮았다.

현관문이 열리자 그녀가 문틈으로 재빨리 들어왔다.

휴우.

그녀의 얼굴이 발그레했다. 가쁜 숨을 내쉬며 그녀는 주위를 둘레둘레 살폈다. 한쪽 문의 귀퉁이가 떨어져 나간 거실장과 그 위에 놓여 있는 25인치 텔레비전, 전화기, 충전기, 세금 고지서, 머리빗, 노란 고무줄이며 거실 바닥에 널려 있는 수건, 돌돌 말린 스타킹, 보다 만 신문, 재떨이, 다리미, 분무기, 아이가 갖고 놀던 레고와 기차 레일. 그리고 벽에 걸린 달리의 복제화와 달력과 오래된 시계. 그녀의 눈동자에 내가 살고 있는 16평 아파트의 거실 풍경이 후줄근하게 되비치는 것을 느꼈다.

뭐해?

…….

들어오지 않고.

…….

그녀는 새쭉한 표정으로 현관에 서 있었다. 이 후줄근한 풍경 속으로 들어가야 될지 말지 망설이고 있는 것 같았다. 하긴 아파트는 환상이 끼어들기에는 너무나 답답한 공간이었다. 게다가 낡아빠진 이 아파트는 그녀가 기대하고 있는 로맨틱한 분위기와는 거리가 멀었다. 하지만 로맨틱한 분위기라니? 그녀는 무엇을 기대하고 있단 말인가? 에이프런을 두른 웨이터가 바삐 오가는 이탈리아 식당, 팬지꽃 화분이 늘어선 2층 창가, 말끔하게 정돈된 호텔 룸, 발코니 너머의 소나무 숲……, 그런 것들? 나는 그녀의 기대를 보란 듯이 배반하고 싶은 생각이 들었다.

어머, 왜 이래요? 내가 가까이 다가가자 그녀는 상체를 뒤로 뺐다. 곧 그녀의 등은 현관문에 닿았고 더 이상 물러날 공간은 없었다. 반쯤 벌어진 그녀의 입술은 생각보다 순순히 열렸다.

이러려고…….

그녀는 뒷말을 잇지 못했다. 나는 소매로 입을 쓰윽 닦으며 말했다.

왜? 어때서?

집이잖아요.

집이니까 더 좋지.

어쩐지 불경스럽단 생각이 들어요.

그녀는 거실 바닥에 뒹굴고 있는 어젯밤 아내가 벗어둔 채 그대로 방치된 검정색 스타킹을 노려보며 말했다.

무섭기도 하고.

무섭긴. 오히려 안전해서 좋지.

너무 고요해요. 사람이 죽어 나가도 모를 것처럼.

아파트는 늘 쥐 죽은 듯 조용했다. 모두들, 회사로 공장으로 공공근로 장소로 자신의 노동을 팔러 나갔을 것이다. 현관문 바깥에서 저벅이는 발소리가 들려왔다. 그녀는 양어깨를 잔뜩 웅크리고 이맛살을 찌푸렸다. 발소리는 문 앞에서 멈추었다. 서너 번 벨이 울렸다. 아무 반응이 없자 발소리는 다시 아래로 내려갔다. 발소리가 완전히 사라지자 그녀는 긴 한숨을 내쉬었다. 나는 걸쇠를 걸며 말했다.

걱정 마. 안에서 열기 전에는 아무도 못 들어오니까.

그녀는 결국 구두를 벗고 안으로 들어섰다. 거실 바닥 어디에도 그녀가 앉을 만한 공간은 없었다. 블록 조각과 수건과 신문지 사이에서 서성이던 그녀는 거실 문갑 위에 놓인 액자 앞에서 멈췄다. 원목 액자 안에는 내 아내가 되겠다는 서약을 하기 직전의 여자 사진이 들어 있었다.

와, 예쁘다.

안 예쁜 신부 봤어? 식장에서 드레스 입혀놓으면 다 예쁜 거야.

대학 과후배였던 정연은 정말 예뻤다. 동기들로부터 선후배에 이르기까지 정연에게 눈독을 들이지 않은 남학생이 없을 정도였다. 그런 정연을 차지할 수 있었던 비결은 운이 좋았다고밖에 말할 수 없었다. 한동안 나는 그런 행운에 감사한 마음을 갖고 있었다. 그러나 결혼 1년 만에 그런 마음은 곧 잊혀지고 말았다. 불운은 가슴에 각인되는 법이지만 행운이란 쉬이 잊혀지는 법이었다.

그러지 말고 이리 와.

나는 그녀의 손을 잡아끌고는 기다란 쿠션이 놓여 있는 거실 한구석으로 갔다.

뭐하려고요?

좀 편히 앉자고.

나는 발끝으로 수건이며 신문지 따위를 닥치는 대로 밀쳐내 작은 공간을 만들었다. 그리고 쿠션 위에 등을 기대고는 다리 사이에 그녀를 앉히기 위해 그녀의 오른손을 잡아당겼다. 그녀는 잠시 뒤로 빼는 듯하더니 그대로 주저앉았다. 아이참. 그녀의 목소리에는 약간의 교태와 약간의 망설임이 비등하게 섞여 있었다. 잠깐, 잠깐만. 나는 그녀의 블라우스 단추 사이로 손을 넣었다. 움찔, 그녀의 몸이 수축되는 것이 느껴졌다. 내 손이 가슴을 더듬는 동안 그녀의 숨소리는 차츰 거칠어졌다. 나는 한 손으로는 가슴을 움켜쥐고 스커트 벨트 밑으로 다른 손을 넣었다. 거들과 팬티를 힘겹게 들춰내고 맨살에 닿는 순간 그녀는 부르르 떨었다. 네가 원하는 것은, 결국 섹스에 불과해. 너는 거기에 현실보다 더 그럴듯한 환상이니 뭐니 하면서 포장을 하려 애를 쓰긴 하지만. 나는 놀랄 정도로 빠른 그녀의 감응에 한편으론 감탄했고 또 한편으론 비웃었다. 무성한 음모의 수풀을 지나 그녀의 입구에 닿았을 때 그녀는 자리에서 발딱 일어났다.

여기선 싫어요.

그녀의 다리 사이에서 아내의 사진이 나를 빤히 노려보고 있었다. 사진 속 아내의 비웃는 듯한 눈길을 피해 비스듬히 누운 채 나는 그녀의 뒷모습을, 복숭아씨처럼 단단한 그녀의 발뒤꿈치부터 파리한 느낌을 주는 목선까지 바라보았다. 그녀의 모습 가운데 가장 아름다운 것은 엉덩이였다. 잘 익은 복숭아처럼 풍만하게 벌어진 엉덩이. 그 엉덩이가 손을 뻗으면 닿을 만한 거리에 있었다.

여기가 뭐 어때서?

지저분하고 또…….

쳇, 까다롭게 굴긴.

그녀는 마치 잡동사니가 널려 있는 거실 바닥 때문이라는 듯 발끝으로 레고로 만든 성을 툭 찼다. 성은 손쉽게 쓰러졌다. 쓰러진 성은 절반쯤 부서졌다.

그거 건드리지 마.

왜요?

꼬마가 싫어해.

그녀는 쓰러진 레고 사이를 발끝으로 걷다가 온전히 남아 있는 성의 나머지 부분마저 부서뜨렸다. 저녁때 집에 돌아온 아이는 입을 크게 벌리고 막무가내로 울 것이다. 무너진 성을 어떻게든 복원시켜야겠다고 생각해보지만 나는 원래의 모습을 기억하지 못했다. 아이는 어쩌면 벽에 머리를 들이박을지도 모른다. 하는 수 없었다.

그녀는 어느새 거실의 끝, 베란다 앞에 서 있었다. 베란다의 반쯤 열린 문틈으로 널다 만 빨래들이 건조대에 대롱대롱 매달려 있는 게 보였다. 그녀는 무엇을 바라보고 있는 것일까? 또 무엇을 생각하고 있는 것일까? 어쩌면 여기 온 것을 후회하고 있는 것일까? 그녀의 뒷모습은 비틀어 짜면 물방울이 뚝뚝 떨어질 것만 같았다.

그녀는 수건과 신문지와 블록을 피해 한 발 한 발 조심스럽게 내디디며 이번에는 주방 쪽으로 걸어갔다. 주방도 정신없기는 마찬가지였다. 쓰레기통은 음식 쓰레기와 비닐 껍질 등이 뒤엉킨 채 넘쳐나고 있었고 개수대에는 며칠째 씻지 않은 식기들이 겹겹으로 포개져 있었다.

살림은 도통 안 하나 봐요?

내 마누라?

응.

청소, 설거지는 내 담당이야.

당신이 안 하면?

할 때까지 내버려둬.

그럼 늘 이런 상태로?

그렇지 뭐.

좋은데요.

아깐 지저분해서 싫다며.

이건 다른 문제예요. 뭐랄까, 방치되고 버려진 듯한 상태로 있는 이 물건들이 좋아 보인다고요. 이 안에서는 뭐랄까, 삶이 제대로 흘러가는 느낌이 들어요.

그녀의 말은 늘 그렇듯이 논리적이지 않았다. 미희. 그녀가 논리적이었다면 지금 이 자리에 와 있지는 않았을 거였다. 대학 동창 가운데 가장 잘나가는 진석의 처, 시가로 10억은 한다는 전원주택의 안주인, 두 아들의 엄마, 완전한 가정을 행복의 표상처럼 가슴에 간직하고 있는 여자, 송미희. 그녀가 논리적이었다면 40대 중반의 내 삶은 아마 심심해졌을 것이다.

여기에서 제일 방치된 게 뭔 줄 알아?

나는 미희 가까이에 다가가 엉덩이를 쓰다듬다가 엉덩이 옆에 가지런히 놓여 있는 손을 잡아 내 바지 앞섶으로 끌어당겼다.

바로 이거야.

내 손에 끌려온 미희의 손이 바지 아래쪽 나의 페니스에 닿았다. 그녀의 얼굴이 발그레하게 달아오르고 있다. 나는 그것을 느낄 수 있었다. 그녀는 손을 빼내려 꼼지락거렸다. 나는 그녀의 손을 놓지 않았다. 그러자 그녀는 포기한 듯 내 페니스를 손가락으로 만지작거리더니 그것을 꼭 잡기 시작했다. 어찌나 세게 잡는지 나는 얼굴을 찡그리지 않으려고 애를 쓰면서 몸을 조금 뒤로 뺐다. 그녀의 손은 바지 지퍼를 내렸고 사각팬티를 더듬더니 팬티의 안쪽 살을 파고들었다. 그녀는 단단해진 내 페니스를 꽉 잡고는 아래위로 서툴게 손을 움직였다.

아아.

내가 소리를 지르자 그녀의 손은 떨어져 나갔다. 그녀의 얼굴에서 후끈한 열기가 느껴졌다. 그녀는 애써 태연한 표정을 지으며 기름때가 덕지덕지 묻어 있는 가스레인지 후드 쪽으로 눈길을 돌렸다.

살살 다루어야 해. 오랫동안 방치되어 있어서 성이 나 있거든.

피이.

나는 지퍼를 올리며 아직도 가라앉지 않고 불뚝 서 있는 내 남성을 달랬다. 조금만 기다리렴. 아직 시간은 많으니까.

커피 줄까?

응.

그럼 저 방에 들어가 있어.

화장실 옆에 있는 문을 가리키자 그녀는 잠자코 고개를 끄덕였다. 가스레인지에 주전자를 올려놓는데 나도 모르게 노래가 흘러나왔다. 작은 가아슴을 모두 모오두어어 시를 써봐도 모자란 다앙신……. 이게 무슨 노래였지? 죽은 김광석이었던가? 작은 가아슴을 모두 모오두어어……. 같은 소절을 두 번 반복하는 동안 물이 끓었다. 커피 설탕 프림의 비율은 2대 2대 2로 했다. 언젠가 모텔에 비치된 일회용 커피를 맛있게 홀짝이던 미희의 얼굴이 갈색의 커피 위로 어른거렸다.

룸서비스를 하는 호텔 보이 같은 심정으로 방문을 열고 들어갔다. 그 방은 내가 서재로 쓰고 있는 방이었다. 책장이 두 개, 커다란 사무용 책상과 회전의자가 하나씩, 컴퓨터가 들어 있던 빈 상자와 이사 올 때 박스에 들어갔다가 아직까지 나오고 있지 못한 책들, 여행용 가방 등이 책상과 책장 사이에 놓여 있는 방. 나머지는 한 사람이 간신히 왔다 갔다 할 수 있는 손바닥만 한 공간이었다.

미희는 까만 인조 가죽으로 덮인 회전의자에 앉아 책상 위에다 턱을 괴고 있었다. 내가 들어가는 기척에도 까딱도 안 하는 것이 자못 심각해 보였다. 나는 두 개의 머그잔을 책상 위에 올려놓으며 물었다.

왜 그래?

…….

이 방이 당신 방?

응.

왠지 낯설게 느껴지네요.

뭐가 어때서?

저거 다 당신 거잖아요.

그녀는 책장에 빽빽이 꽂힌 책들을 가리키며 말했다.

응.

그건 어쩐지 당신의 과거 같기도 하고 내가 모르는 당신의 일부 같기도 하고.

그런데?

그 사실이 나를 두렵게 해요.

뭐가?

내가 모르는 당신의 어떤 부분이.

그녀의 눈동자는 촉촉하게 젖은 채 나를 올려다보고 있었다. 어른들이 대답할 수 없는 질문을 해대는 아이처럼 끈덕진 눈동자였다.

책이란 일종의 정신의 표현이라는 말 어디서 읽은 기억이 나요. 한 사람이 갖고 있는 책은 그 사람의 정신을 대변해주고 있는 거라고.

어디서 그런 걸 읽었어?

몰라요.

그럼 대형 서점 주인이 정신적으로 가장 풍부한 인간이겠네.

농담할 기분 아닌데.

눈을 흘겨대는 그녀의 어깨 너머로 오래된 책들이 정리되지 않은 채 먼지를 뒤집어쓰고 있는 책장을 바라보았다. 『러시아혁명사』, 『볼셰비키 당사』, 『세계경제체제론』 등과 같은 책들은 까마득히 오래전 대학 신입생 때 읽었던 책들이었고 대중문화와 관련된 책들이 두어 권 꽂혀 있었고 니체, 푸코, 데리다의 책들이 간간이 끼어 있었으며 나머지는 소설과 시집 나부랭이 들이었다. 갖고 있는 책이 그 사람의 정신을 대변한다고? 만일 그렇다면 내 정신은 아마도 저 정리되지 않은 책꽂이의 책들처럼 산만하고 뒤죽박죽일 것이다. 혁명사를 이해하기도 전에 사회주의혁명은 실패였음이 입증되었고 대중문화를 반쯤 읽었을 때 현실의 대중문화는 더 빠르게 변화해나갔다. 니체와 푸코

와 데리다는 또 제각각 내 정신의 주인이 되려고 내 안에서 발버둥 쳤지만 나는 누구의 철학에도 동화되지 못했다. 내 안에 무엇이 있나. 역사도 철학도 더 이상 내 삶의 나침반이 못 된다. 지방 대학 강사 자리라도 얻으려고 몸부림치는 고학력 실업자. 시대의 주류에서 밀려난 주변인. 아니다. 지금 이 순간 내 정신은 오로지 눈앞의 여자, 친구의 아내이자 나의 연인인 미희에게 쏠려 있다.

이봐, 미희. 나는 나야.

지금 내 안에는 당신에 대한 성적 충동밖에 없다고 말하고 싶은 걸 나는 간신히 참았다.

너무 깊이 생각하지 마.

그렇게 말하지 않아도 나는 그녀가 그러지 않으리라는 것을 알고 있었다. 그녀는 이따금 눈앞의 현실을 낯설어하고 또 보이지 않는 무엇인가를 두려워하지만 그것의 실체가 무엇인지 알려고 노력하지는 않았다. 다만 심각해 보이는 표정을 지어 보일 뿐. 자신의 정신적 단순성을 피로한 표정으로써 복잡한 그 무엇으로 위장할 줄 아는 여자. 자신이 던진 질문을 곧 잊어버리는 여자.

나는 나다. 그 말 참 명쾌하네요.

그녀는 고개를 끄덕이며 말했다. 그녀의 두려움은 곧 전환되었다. 역시 문제는 그녀의 일시적인 기분이었다. 서재라기보다는 오래된 창고 같은 이 방이 그녀의 기분을 흔들어댔던 것일까? 하긴 정신이 복잡하기보다는 감정이 복잡한 미희 같은 여자는 다루기에 따라서는 더 흥미로울 수도 있었다.

언젠가 했던 약속 잊었어?

뭐죠?

심각해지지 말자는 말.

그녀는 다시 한 번 고개를 끄덕였다.

1년 전 교외의 강변으로 나가는 차 안에서 우리의 약속은 시작되었다. 심각해지지 말기. 지금 이 순간에 충실하기.

전날 진석의 집에서 집들이가 있었고 진석이 술에 취해 곤드레만드레 되어 동창들에게 둘러싸여 있는 사이에 나는 미희와 마당의 한구석, 스토브에 쓸 나무토막이 쌓여 있는 창고 앞에서 담배를 나눠 피웠다. 불쑥 내민 내 손과 불쑥 덮친 내 입술을 미희는 거부하지 않았다. 중요한 것은 우리가 이율배반적인 욕망을 갖는 모순적인 인간이라는 것을 인정하는 거였다. 그러한 욕망의 실현은 하나의 현실 안에 또 다른 현실을 들여놓지 않을 때만이 가능했다. 사랑스럽게 담배를 피우고 있는 미희의 입술에 대한 욕망을 느낄 때 그녀는 내 앞에 놓인 하나의 여자일 뿐, 내 동창 진석과는 무관한 존재이듯이. 그것은 마치 비즈니스맨이 환경을 염려하는 양심적인 시민이 될 수 없는 것이나 전쟁 영웅이 평화주의자가 될 수 없는 것과 마찬가지였다. 하지만 성공한 비즈니스맨은 모범적인 시민으로 추앙받고 전쟁 영웅은 인류를 비참과 곤경에 빠뜨린 죄악에서 슬그머니 빠져나온다. 동일한 시간 내에 겹쳐 있는 여러 층위의 시간들. 우리는 그 안에서 매번 하나의 역할을 선택

해야 하는 것이다. 매 순간 주어진 역할에 충실하다면 그 역할이 다른 시간대에 펼쳐진 다른 역할과 충돌한다 한들 무슨 상관이 있으랴! 그 역할이 우리 자신의 진정한 본능에 맞닿아 있다면 말이다.

우리는 그날 강변의 끄트머리에 있는 모텔에서 섹스를 했다. 가벼웠지만 진지했고 진지했지만 결코 심각해지지 않을 최초의 섹스.

지금은 우리 둘뿐이야.

나는 그날의 섹스를 떠올리며 그녀의 귀에 대고 이렇게 속삭였다. 그리고 그녀의 귓불을 만지기 시작했다. 미희의 귓불은 도톰하게 살집이 잡혀 있어 말랑말랑한 젤리 같았다. 내 손가락은 그녀의 귓불로 시작해서 귓바퀴와 귓구멍을 파고들었다. 그녀의 고개가 점점 더 뒤로 젖혀졌다. 아, 아. 그녀의 입에서 신음소리가 나왔다. 누가 말했던가. 30대의 여자는 수박이라고. 겉보기에는 단단해 보이지만 대기만 하면 쩍 갈라진다고 말이다. 나는 언젠가 술자리에서 들은 음담패설을 떠올리고는 미소를 지었다. 미희, 두려움과 망설임으로 똘똘 뭉쳐 있는 그녀의 껍질은 작은 접촉만으로도 이렇게 벌어질 준비가 되어 있다.

누워!

나는 그녀에게 명령했다. 그녀는 주인에게 충실한 하인처럼 의자에서 내려와 바닥에 누웠다. 방 안은 그녀가 눕기에 비좁았다. 그녀는 어깨를 잔뜩 웅크리고 있었다.

치마 올려!

그녀가 치마를 올리자 보풀이 일어난 거들과 무릎 위까지 올라온 스타킹을 신은 다리가 드러났다. 그녀는 스타킹을 벗어 내리고 눈을 감은 채 기다리고 있었다. 벨트를 풀고 지퍼를 내려 바지를 벗으려는 순간 바지 주머니에서 휴대전화가 울려댔다.

받을까, 말까. 그러나 이미 내 손은 휴대전화를 꺼내 들고 있었다. 회의가 있어서 늦겠다, 아이를 다섯시에 데려와야 한다는 사실을 잊지 마라, 빨래는 다 널었느냐. 아내였다. 응. 응. 응. 나는 할 수 있는 한 가장 짧게 대답했다. 미희는 눈을 뜨고 휴대전화를 받고 있는 나를 훔쳐보다가 내가 휴대전화 폴더를 닫자 다시 눈을 감아버렸다. 이럴 땐 피차 모른 척하는 것이 예의라는 듯이.

미희의 거들과 팬티를 한꺼번에 벗겨 내리고 나는 섹스를 하기 시작했다. 단단해진 내 페니스를 압박하는 그녀의 수축된 질. 그녀는 눈을 감은 채 두 팔을 만세를 부르듯이 위로 올리고 교성을 질러댔다. 죽을 거 같아. 그녀가 헉헉대며 소리쳤다. 나는 이를 악물고 그녀를 죽여주기 위해 상하 좌우로 허리를 움직였다. 그러나 곧 사정을 하고 말았다. 정액이 빠져나간 페니스가 힘없이 늘어지는 게 느껴졌다. 내 밑에 깔린 채 죽여줘, 죽여줘 하고 되풀이했던 그녀의 말은 어느덧 색색거리는 숨소리로 변했다.

텅 빈 듯한 고요.

그녀와 나는 아랫도리만 벗고 있는 우스꽝스러운 모습으로 한동안 죽은 듯이 누워 있었다. 회전의자와 책장과 빈 상자 사이에서 끼어 있느라 그녀도 나도 옴짝달싹할 수 없다. 내 오른쪽에 누워 있는 그녀는 지금 이 순간 무슨 생각을 할까? 알 수 없는 침묵이 흐르고 있었고 나는 침묵 속에서 그녀와의 두 번째 만남을 떠올렸다. 그날 산 중턱 무성하게 자란 나무들 사이에 숨어 있는 모텔 3층 구석진 방의 하얀 시트가 깔린 커다란 침대 위에서 그녀와 나는 담배를 나눠 피웠다.

어쨌든 첫 섹스는 우발적인 거요.

그럼 두 번째는요?

그건 대개 첫 섹스에 대한 기억 때문에 이어지지.

지난번에 좋았나요?

그럼.

왜죠?

처음이니 좋을 수밖에. 모든 게 미지의 가능성으로 어른거리니까. 물론 당신 몸도 좋았고.

오늘도 좋을까요?

물론. 심각해지지만 않는다면.

심각해진다?

그래. 그건 죄의식을 갖는 거요.

당신에게도 그게 있어요?

있지. 하지만 무시하오.

그날 미희는 침대 위를 데굴데굴 구르면서 열 가지가 넘는 체위로 나와 섹스를 했다. 몇 번이나 그녀는 죽여줘, 죽여줘 하고 소리를 지른 후 잠잠해졌다. 그러나 돌아가는 길 차 안에서 미희는 심각한 표정이 되어 창 쪽으로 고개를 돌리고 있었다. 나는 왼손으로 핸들을 쥐고 오른손으로 그녀의 허벅지를 더듬어 조금 전 섹스의 기억을 되살려보려 했으나 그녀는 꼼짝도 하지 않았다. 죄의식의 발동? 나는 이죽거리며 그녀에게 물었다. 그녀는 고개를 가로저었다. 한참 만에 그녀는 들릴 듯 말 듯한 목소리로 말했다. 너무 행복해서…… 두려워져요. 나도 모르게 액셀 위에 올리고 있던 오른쪽 발에 힘이 주어졌다. 속도계가 제한속도 100을 넘도록 액셀을 밟자 남편과 아이들이 있는 가정을 등지고 심각한 표정 위에 약간의 죄의식을 얹은 채 이제 막 불륜의 나락으로 빠져들고 있는 여자의 나른하고 복잡한 얼굴이 차체의 진동에 따라 흔들리기 시작했다.

사랑에 빠진 유부녀. 그것도 남편의 별 볼 일 없는 동창 녀석과, 아무리 미화시켜본다 한들 결코 순수하다고 할 수 없는 섹스에 빠진 유부녀. 따지고 보면 모든 문학의 영원한 테마는 사랑이고 불륜이 아니었던가. 마담 보바리나 안나 카레니나 역시 불륜에 빠진 여자들이었다. 나는 미희와 함께 사랑이라는 저 도도한 역사의 주인공으로 일약 부상하는 듯한 환희에 젖었다. 만약에 그 여자가 내 아내였다면? 그러나 나는 심각해지는 것은 질색이었다. 섹스에 대해서 무관심한 아내에게는 결코 그런 일이 일어나지 않을 거였다. 무엇보다도 아내 정연은 여성의 사회적 역할에만 자신의 모든 열정을 쏟는 건조한 페미니스트가 아니었던가.

나는 고개를 돌려 그녀의 얼굴을 바라보았다. 그때처럼 너무 행복해서 그녀는 차라리 눈을 감고 있는 것일까? 그러나 미세하게 눈꺼풀이 떨리고 있는 그녀는 무슨 생각에 골똘해 있는 것만 같았다. 생각해보면 섹스처럼 사람을 고독하게 만드는 것은 없다. 조금 전까지만 해도 한 몸으로 뒤얽혀 더 완전한 결합을 위해 몸부림치던 육체가 섹스가 끝나고 난 뒤에는 제각기 자기만의 고독 속에 빠져들고 만다. 그 고독이 싫어서 섹스는 계속되는 것인지도 모른다.

오른쪽 팔이 저려왔다. 자세를 조금 바꾸어보려고 움직이자 그녀가 눈을 떴다. 나는 그녀의 어깨 밑에 깔려 있던 내 팔을 빼냈다.

오늘로 몇 번째죠?

그녀가 물었다.

몰라. 숫자가 무슨 의미가 있지?

있어요.

무슨?

회를 거듭할수록 죄의식이 깊어지니까.

어쨌든 우린 함께 있잖아.

죄의식 때문이에요.

그건 이상한 말인데?

사랑의 높이만큼 깊어지는 죄의식, 그런 죄의식으로 묶여진 관계.

미희가 지금껏 이렇게 단호한 목소리로 자신의 생각을 말한 적이 있었던가? 그녀는 언제나 주저하면서 말꼬리를 흐릴 뿐이었는데. 나는 그런 그녀를 조금은 낯설게 바라보았다.

그뿐인가요? 더 많이 요구할 수도 없고 더 많이 줄 수도 없는 늘 아슬아슬한 균형을 유지해야 하는 관계. 마치 평균대 위의 체조 선수처럼 말이에요.

하지만 당신 좋아하지?

뭘요?

알잖아.

아, 그거.

그녀는 잠시 할 말을 잊은 듯했다. 천장 위의 어느 한 지점에 시선을 고정시키고 있는 그녀의 두 눈만이 생기를 띠며 빛나고 있었다.

두 번째 만남 이후 있었던 부부 동반의 동창 모임이 떠올랐다. 물 좋은 생선회로 이름 나 있는 시내의 일식집. 다섯 쌍의 부부가 자리 잡은 테이블의 끄트머리에 진석이 있었다. 그 옆에 다소곳이 앉아 있던 미희. 평소에는 코빼기도 안 보이던 진석이 출현하자 동창 모임은 더 활기가 넘쳤다. 야, 진석아, 돈 벌어 뭐하니? 한턱 쏴라. 돈은 거저 버는 줄 아니? 가정이 어떻게 생겨 먹었는지도 모르게 지내고 있다. 현우 넌 뭐 잘났다고 혼자냐? 누군가 혼자 온 나를 걸고넘어졌다. 내 마누라가 나 대신 돈 버느라고 못 왔다, 됐냐? 왁자지껄하게 떠드는 속에 미희는 조용히 술만 마셔대고 있었다. 성공한 진석에게 달라붙는 동창 녀석들 보기도 그렇고 마침 요의도 느껴서 나는 자리에서 일어났다. 화장실은 2층에 있었다. 지퍼를 내리고 오줌을 다 누고 변기

밸브를 누르는데 누군가 화장실에 들어왔다. 미희였다. 미희는 나를 보자마자 끌어안고 입을 맞추었다. 시큼한 술 냄새가 그녀의 입안 가득 배어 있었다. 그녀는 나를 끌어안은 채 팔을 뻗어 화장실 문을 걸어 잠갔다.

여기서 이럼 어떡해?

나는 화장실 문을 바라보며 걱정스럽게 말했다.

죄의식. 그런 거만 갖지 않음 되잖아요.

미희는 혀가 약간 꼬부라진 발음으로 말했다.

그래도 여긴 너무 불안해.

그딴 거 무시해요.

그녀는 벨트 안으로 손을 넣어 내 페니스를 만지려 애를 썼다. 그때 누군가 올라오는 소리가 들려왔다. 나는 내 바지 안에 들어가 있는 그녀의 손을 재빨리 빼내고 그녀의 입을 손으로 막았다. 숨을 죽이고 서 있는 다리가 후들거렸다.

똑똑.

나는 헛기침을 크게 한 번 했다. 다시 아래로 내려가는 발소리가 들려왔다. 나는 안도의 한숨을 내쉬며 그 발소리의 주인공이 진석이 아니기를 바랐다.

자, 자, 어서 내려가자고.

오늘로 세 번째예요.

그런가?

처음은 우발적, 두 번짼 처음의 뒷수습, 이번에는 뭐라고 할 거죠?

자, 나중에 얘기하지.

필연이 된 사…… 윽.

토하는 바람에 그녀의 문장은 완성되지 못했다. 술만 마신 것인지 그녀가 게워 올리는 것은 노란 액체뿐이었다. 그녀는 엎드린 채 한참 동안 웩웩거렸다. 나는 화장실 문을 열고 그녀의 등을 두드렸다. 어느 틈에 진석이 옆에 와 있었다.

어이쿠, 이 여자가 왜 이러지? 현우야 미안하다.

다행히 진석에게 어떤 의심의 기미도 보이지 않았다. 나는 그녀의 등을 두드리는 진석이 곁에 머쓱하게 서 있다가 내려왔다.

그날 이후 미희는 변했다. 미희가 어느 쪽으로 변한 것인지 나는 종잡을 수 없었다. 어느 날은 만나자마자 내 몸에 달라붙어 떨어질 생각을 하지 않았고 또 어느 날은 싸늘하고 냉담한 시선으로 손끝 하나 건드리지 못하게 했다. 그럴 때마다 나는 그녀가 감정과 윤리 사이에서 가파른 널뛰기를 하고 있는 것이라고 막연히 짐작할 뿐이었다. 나로 말하자면 그녀가 어느 한 극단으로 빠져드는 것을 원하지 않았다. 예컨대 감정의 절제를 잃을 정도로 내게 매달리거나 이제 와서 윤리를 내세우면서 부정한 관계에 종지부를 찍는 일이 생긴다면 그 어느 쪽도 내게 유쾌할 리 없었으므로. 매 순간 자기 앞에 놓인 시간에 충실하다면 무엇이 문제 되겠는가 말이다.

그래요. 섹스는 좋아요.

그녀의 말에 나는 상념에서 깨어났다.

당신과도 좋지만…….

좋지만?

내가 되물었다.

남편과도 좋고.

미희의 입가에 묘한 미소가 머물고 있었다. 예상했던 말이었기 때문에 나는 그다지 놀라지 않았다. 그녀와의 관계가 지속되는 중에 만난 진석에게서 나는 한 번도 불안이라든가, 의심이라든가 그런 기미를 발견하지 못했다. 진석은 행복한 결혼생활을 하고 있었다. 그런 진석을 보면서 나는 한편으로는 씁쓸했고 또 한편으로는 안도의 한숨을 내쉬었다. 그녀의 말은 끝나지 않았다. 뭔가가 더 있었다. 그것이 무엇일까?

또…….

또 뭐지?

남자들과의 섹스는 내게 다 좋아요.

남자 둘이오, 남자들이오?

나도 모르게 경어체가 나왔다. 젠장, 빌어먹을 경어체 같으니라고. 나는 그녀의 말에 긴장하고 있었다.

남자들이라니까요. 두 남자가 아니라 모든 남자들.

그녀는 이렇게 말하면서 눈꺼풀을 서너 번 깜박였다. 마치 '모르겠어요?' 하고 묻듯.

당신이 내게 가르쳐주었잖아요.

내가?

네. 첫 만남이 있던 날, 당신이 말했죠. 심각해지지 말자고, 지금 이 순간에만 충실하자고 말이에요. 당신은 늘 내게 그것을 상기시켰어요.

그건 당신이 남편과 아이들 걱정을 할까 봐 한 말이었지 않소.

맞아요. 난 그때까지만 해도 단 한 번의 외도로 가정이 붕괴되리라고 믿었던 어리숙하고 순진한 여자였으니까요.

그럼 지금은? 지금은 가정의 붕괴 따윈 아랑곳하지 않겠다는 건가?

아니요.

그럼 대체 뭔 거요?

내 목소리에 조바심이 묻어났다.

난 이미 멀리 나가버렸어요. 멀리, 또 멀리.

그녀는 누운 채로 두 다리를 통통거리며 말했다. 그녀의 두 다리 위에 진석과 나 이외의 다른 남자가 오르내렸다고 생각하니 갑자기 질투심이 솟구쳤다.

멀리? 쳇, 이 남자 저 남자 품으로 말이오?

빈정대지 말아요. 가정보다 더 소중한 게 있어요. 그건 바로 내 안에 있는 욕망이에요.

차라리 성욕이라고 하지.

나는 빈정거렸다.

좋아요. 한낱 성욕이라고 해도. 당신과 두 번째 만나던 날 내 안에서 웅크리고 있던 성이 바깥으로 뛰쳐나온 거예요. 처음엔 죄의식을 느꼈죠. 그러나 그날 밤 남편과 섹스를 하면서 느꼈어요. 죄의식이란 한낱 불투명한 의식의 그림자란 것을요.

그녀의 눈동자는 추억에 젖듯 한동안 허공을 응시했다.

오래전 일식집 화장실에서 내가 하려던 말이 무엇인 줄 알아요?

운명적인 사랑, 뭐 그런 말 아니었소?

비슷해요. 필연이 된 사랑. 그런 말을 하려 했어요. 그때까지만 해도 나는 사랑이라든지 뭐 그런 말들로 나 자신의 울타리를 삼으려고 했어요.

그런데 그게 아니었나 보군.

그래요. 사랑이 아니라 욕망이었어요. 당신을 만나면 만날수록 더 몸부림치는 욕망. 당신 품에 안겨서 또 다른 육체를 꿈꾸게 되는 욕망. 당신의 육체 위에 겹쳐지는 수많은 남자들. 세상에 어떤 남자들이 있는 줄 아세요? 약혼 중에 있는 동생의 애인과 잠자리를 해서 파혼을 시켜놓고 동생의 애인을 만나는 남자, 술만 마시면 한 번만 줘, 한 번만 줘 하고 구걸하는 남자, 그 누구도 거들떠보지 않아서 하교 길의 열 살짜리 여자애의 치마를 힐끗거리는 남자, 간절히 원함에도 아내 외의 여자 앞에선 임포가 되고 마는 남자, 오래전 임포가 된 자신의 성을 회복시켜줄 단 하나의 여자를 기다리는 남자, 채찍을 들고 있는 여자 앞에서만 섹스가 가능한 남자…….

한마디로 당신은 헤프게 된 거군.

헤프다. 뭐 그렇게 말해도 좋아요. 하지만 그렇게 말하는 당신은 어떻죠?

나? 난 그래도 당신을 사랑하지.

사랑이라고요?

그녀는 신랄한 어조로 되물었다.

물론 그 안엔 성욕도 있소. 그건 오로지 당신에게만 향하고 있는 거요.

고작해야 섹스에 무관심한 아내와 친구 부인 사이에서의 뻔한 줄타기잖아요. 당신 스스로는 아슬아슬한 균형 감각 어쩌고 하겠지만.

그녀는 나를 비웃고 있었다.

당신은 당신의 불안을, 나를 전적으로 소유하지 못하는 불안을 사랑이라는 말로 위장하곤 하죠.

끄응.

그것도 모자라서 이제 당신은 나를 당신의 집 안으로 끌어들였어요. 밤에는 지적인 부인과 낮에는 성적인 정부와……. 절묘한 이중생활에 대한 꿈.

그만! 그만해.

나는 소리를 질렀다. 내 품에서 잠시 퍼덕이다가 포르르 자신의 둥지를 향해 날아가는 새처럼 그녀가 내 곁을 떠날 때 안개처럼 스며들던 불안. 사랑이든 사랑이 아니든 그 불안을 삶의 기운으로 간직하던 나날들. 그녀는 자신의 둥지로 날아가는 새가 아니었다. 가시덤불을 헤매고 술집 처마를 드나들며 어두운 뒷골목 부랑자 틈을 기웃거리는 더러운 떠돌이 새였다. 더 이상 그녀의 말을 들을 기분은 아니었지만 마지막으로 나는 물었다.

죄의식은? 당신이 아까 말했던 죄의식은 그럼 뭐였소?

그녀는 대답 대신 내 쪽으로 돌아누웠다.

그리움.

그녀의 가늘고 긴 손가락이 내 얼굴을 천천히 쓸어내렸다.

당신 앞에 있으면 지난날의 내 모습이 되살아나니까요. 이 손가락처럼 죄의식에 떨고 있던 내 모습이오.

그녀는 천천히 자리에서 일어났다. 그러고는 서두르는 기색 없이 옷을 입었다. 방문을 열고 나가기 전 그녀는 잠시 뒤를 돌아보았다. 그녀는 무어라 말을 했다. 내 머릿속에는 이미 뿌연 안개가 가득 차 있었다. 이 여자가 두어 시간 전 두려움과 망설임 속에서 들어오던 바로 그 여자인가. 여자는 이제 거침없이 이 방을 나가고 있다. 현관문 걸쇠를 푸는 소리, 꽝 하고 문이 닫히는 소리 그리고 마지막으로 그녀의 발소리가 들려왔고 곧 그 소리는 쿵쿵쿵 소리를 내며 멀어져 갔다.

너무 깊이 생각하지 마세요.

그녀는 이렇게 말했던 것 같다. 그 말은 내가 늘 하던 말이었다. 그녀는 한쪽 눈을 찡긋해 보이면서 입을 크게 벌리고 웃고 있었던 것도 같다. 어린아이 같기도 하고 또 아주 늙은 노파 같기도 한 그 얼굴은 어쩌면 둔기로 한 방 맞은 듯한 내 의식이 만들어낸 환영인지도 몰랐다. 내게는 여자의 얼굴 전체가 이제 막 떨어지려는 커다란 눈물방울처럼 보였다.

죄의식 따윈 추억으로나 간직하고 있는 여자. 나는 그 여자를 한 번이라도 진심으로 사랑한 적이 있었던가. 감정과 윤리 사이의 숨 막히는 갈등 속에서 그녀는 멀리 튕겨져 나가고 말았다. 그 여자를 이제 어디에서 만날 수 있을까. 밤거리, 윤락가, 정신병동 혹은 기차 레일 위에 묻어나는 몇 점의 살점……. 더 이상은 상상하지 말기로 하자. 불현듯 진석이 불쌍해졌다. 그 녀석은 지금 아무것도 모르는 채 돈 버는 일에만 온 정력을 쏟고 있을 것이다. 당분간 진석의 전화는 피하는 게 좋을지도 모른다.

이게 무엇인가……. 눈앞에 신기루처럼 떠다니는 것은 먼지였다. 늦은 오후의 햇살에 비껴 먼지는 현미경의 피사체처럼 정밀하게 보였다. 먼지가 되어 날아가야지 바람에 날려 당신 곁으로……. 나도 모르게 죽은 김광석의 노래가 입술 사이로 흘러나왔다. 먼지는 바로 나였다. 날아가는 먼지가 아니라 제자리에서 둥둥 떠 있는 먼지, 그게 나였다. 갑자기 참을 수 없는 무력감이 엄습했다. 온몸에 힘이 빠지면서 먼지만 한 무게로 허공에 둥실 떠오르는 느낌이 들었다. 40대 중반의 배가 불룩하게 나온 사내가 허공에서 나를 내려다보고 있었다. 먼지가 되어 날아가야지 바람에 날려 당신 곁으로……. 그러다 문득 베란다에 널다 만 빨래가 떠올랐고, 뒤이어 아내의 잔소리가 귓가에 살아나기 시작했다. 정신이 번쩍 들었다. 나는 방구석에 처박혀 있던 팬티의 구멍 사이로 다리를 집어넣기 시작했다.

# 비행

1.

열쇠로 현관문을 따고 들어갔을 때 아내는 안방 침대에서 각질이 일어난 발바닥을 드러내놓은 채 잠들어 있었다. "여보 일어나! 일어나라고!" 입술에 입을 맞추며 소리쳤지만 아내는 꿈쩍도 하지 않았다. 잠옷 치마를 들쳐 올리고 팬티를 내리고 나서야 아내는 눈을 떴다. 당신 이게 무슨 짓이에요? 아내의 눈은 그렇게 말하며 나를 노려보고 있었다. "뭐하긴. 내 집에 들어가는 중이지." 나는 다리를 비비적거리며 대꾸했다. 술에 취한 탓인지 아내의 구멍 찾기는 쉽지 않았다. 냄새나요. 이빨이나 닦고 와요. 아내의 서슬에 눌려 나는 자리에서 일어났다. 화장실에서 양치를 하고 돌아왔을 때 아내는 반듯하게 누운 채 눈을 감고 있었다. 이번에는 두어 번 만에 성공이었다. 그러나 곧 맥이 풀렸다. 아내는 눈을 감고 있는 게 아니라 잠들어 있던 거였다. "이건 뭐 창녀보다 더하군." 나는 아내의 몸에서 내려오며 중얼거렸다.

결혼은 왜 하는가? 하고 싶을 때 하기 위해서 한다. 아무 때나 하고 싶을 때 할 수 있는 게 아니라면 무엇 때문에 결혼을 하는가. 위생적이고 뒤탈 없고 돈 안 드는 섹스. 그것이 결혼의 이유가 아닐까. 이러한 기대가 여지없이 무너져 내렸던 것은 언제부터였나.

2.

나와 아내는 시내의 제법 큰 교회에서 결혼식을 올렸다. 생각 같아서는 구청에 혼인신고만 간단히 하고 싶었지만 현실은 그리 간단하지 않았다. 부모님은 그동안 숱하게 친구 자식들의 결혼식에 축의금을 내왔고 적금 붓듯 내왔던 축의금을 한꺼번에 찾을 수 있는 아들의 결혼식이 필요했다. 게다가 그 결혼식은 30년 신앙생활의 한 증거로서 교회에서 이루어져야 했다. 부모님이 신앙의 탑을 쌓는 동안 우리 삼형제는 배덕의 길을 걸어왔다. 큰형은 병을 앓고 난 뒤 무속에 빠져들었고 작은형은 사기꾼이 되었고 나는 술과 담배와 여자들 뒤꽁무니 쫓아다니는 일로 젊음을 탕진했다. 그러나 부모님 눈에는 여전히 내가 착실한 막내아들이었다. 부모님의 30년 신앙생활의 증거이자 미래의 신앙생활 계승자인 막내아들. 그것이 신앙심이라곤 눈곱만큼도 없는 나와 아내가 교회에서 결혼식을 올린 이유였다. 그렇게 해야 우리가 살 아파트 전셋값의 일부와 신혼여행 비용이 나올 것이므로.

한 시간 가까이 진행되었던 결혼식의 절반은 목사의 설교가 차지했다. 십일조의 충실한 이행이 행복한 결혼생활로 이어진다는 설교는 지루했다. 나는 입 밖으로 나오려는 하품을 간신히 참았다. 하객들도 이제나저제나 끝날까 머리를 긁적이거나 두리번거리다가 주보 모서리로 손톱에 낀 때나 빼내고 있을 것이 뻔했다. 얼핏 곁눈질을 하니 아내는 왼쪽 손가락에 끼여 있는 결혼반지를 만지작거리고 있었다. 자꾸 쓰다듬으면 합성 사파이어가 다이아로 바뀔 것처럼 말이다.

식이 끝나고 폐백, 피로연 같은 귀찮은 일들을 거친 뒤에야 우리는 호텔로 출발할 수 있었다. 영규의 소나타가 출발한 지 5분도 지나지 않아 진눈깨비가 날리기 시작했다. 진눈깨비는 눈이었다가 비로 바뀌었다. 윈도 브러시에 꽂아놓은 흰 장갑이 추레하게 젖어들고 있었다. 토요일 오후의 손써 볼 수 없을 정도로 혼잡한 시내 도로에서 자동차는 제자리걸음을 했다. "결혼식 날 눈이 오면 잘 산다더라." 운전석에 있던 영규가 위로한답시고 하는 말을 건성으로 흘려들으며 나는 똥 마려운 개처럼 재촉했다. "빨리 가자, 빨리 가."

호텔 보이의 안내로 8층에 있는 객실에 들어서자마자 나는 아내를 끌어안았다. 빨간색으로 두툼하게 덧칠이 된 입술에 가볍게 키스를 하고 나자 내 손은 자연스럽게 아내의 예복 치마를 더듬기 시작했다. 그런 내 손을 아내는 가볍게 밀쳐냈다. "왜 그래? 이제 남도 아닌데."

나는 아내가 첫날밤의 수줍어하는 신부 흉내를 내는 것이려니 생각했다. 그러나 아내의 입에서 나온 것은 뜻밖의 말이었다. "저……, 생리 중이에요."

"미안해요." 아내는 그렇게 말했지만 미안해하는 기색은 그다지 보이지 않았다. 매달 빠짐없이 찾아오는 그것이 하필이면 골라잡은 것처럼 이런 날 찾아온단 말인가. 생리라는 놈은 예의도 없단 말인가. 나는 턱시도를 풀어 헤친 차림으로 침대 한 귀퉁이에 걸터앉으며 생각했다. 아내는 여행 가방에서 친구들에게 받은 축의금 봉투를 꺼냈다. 아내의 어깨 너머 뿌옇게 흐려진 호텔 유리창에는 남산 중턱의 헐벗은 나무들이 비를 맞으며 오들오들 떨고 있었다. "어머 기집애, 친한 친구 사이에 3만 원이 뭐야." 아내가 봉투 하나를 열어보고는 중얼거리는 소리가 들렸다. "미리 손 좀 써보지 그랬어." "그렇다고 미리 물어볼 수도 없잖아요." "아니, 축의금 말고." "그럼 뭐요?" 아내의 손은 이미 다른 봉투를 열어보는 중이었다. "있잖아, 그거……." 차마 여자들 전용의 단어를 내 입으로 말할 수는 없었다. 내뱉지 못한 단어가 입안에서 맴돌았다. 입안이 비릿해지는 느낌이었다. 아내는 여전히 봉투에서 눈길을 떼지 못하고 있었다. 아내의 무신경함에 슬슬 짜증이 나려는 순간이었다. 아내의 새빨간 입술이 움찔거리기 시작했다. "생리 때문에 그러죠?" 울먹이는 것인지 아내의 목소리에 콧소리가 묻어났다. "약을 먹는다고 먹었어요. 어떻게든 늦춰보려고요. 그랬더니 일주일이나 더 빨리 나오고 있잖아요. 차라리 약을 안 먹었으면 오늘쯤은 괜찮을 수도 있었을 텐데. 아무래도 너무 긴장해서 그런가 봐요." 아내는 고개를 약간 숙이고는 잘못을 비는 어린아이처럼 말했다. 틀어올린 머리에 수십 개의 실핀이 꽂혀 있는 아내의 머리가 들썩거렸다. 이마 아래 보라색 아이섀도를 바른 눈가에 마스카라가 번졌다. 한참 만에 들썩거림이 멈췄다. 아내는 한 손에는 봉투를, 또 다른 손에는 만 원권 지폐를 꼭 움켜쥔 채 중얼거렸다. "여행 경비를 하고 조금 남을 것 같아요. 잠자리는…… 어차피 평생 할 텐데요, 뭘."

그래, 어차피 평생 하는 건데. 아무리 아내처럼 생각해보려 해도 뭔가 억울했다. 첫날밤이란 평생에 한 번 아닌가. 나는 호텔 라운지로 내려가 테이블 하나를 차지하고 앉았다. 피곤하다며 잠시 쉬었다가 뒤따라오겠다던 아내는 소식이 없었다. 테이블 위에 빈 맥주 캔이 하나둘 쌓여갔다. 지금쯤 친구 놈들은 함 값이라고 받은 돈으로 진탕 마셔대고 있을 테지. 녀석들이 부러웠다. 이럴 줄 알았으면 남들처럼 진작 첫날밤을 갖는 건데. 결혼할 여자만큼은 아껴두고 싶었던 것은 나의 허영이었을까. 저 사람들은 뭐지? 나는 분함을 삭이지 못하고 다른 테이블을 기웃거렸다. 외국인 하나와 중년의 신사 서넛. 저 사람들도 나처럼 소박맞은 남편들일까? 그럴 리야 없을 텐데, 여긴 신혼여행 전용 호텔이 아니니까 말이다. 제주도가 아닌 게 다행이었다. 호텔 라운지에서 초조감에 애를 태우면서 맥주를 마시고 있는 첫날밤의 신랑들을 들여다보고 있는 일은 얼마나 멋쩍은 일인가. 거울에 비친 우울한 자화상들. 마지막 맥주를 다 들이켜고 빈 캔을 우그러뜨리면서 나는 중얼거렸다. "합법적인 섹스란 게 보기보다 어려운 일이군."

## 3.

아내의 배가 불러오고 있었다. 처음에는 허리가 두루뭉술해지더니 점차로 볼록 튀어나오던 배가 이제는 커다란 함지박을 엎어놓은 듯했다. 무덤처럼 둥그런 배. 그 안에 아기가 들어 있다고 했다. 무심결에, 아무 생각 없이, 한순간의 쾌락을 위해 쏟아넣은 정액이 만들어낸 생명체.

아내는 입덧을 시작하면서부터 나를 멀리하기 시작했다. 그러니까 단 한 달이었다. 인도네시아의 섬에서 4박 5일의 지루한 신혼여행을 마치고 돌아온 뒤 한 달 만에 아내는 임신을 했다. 한 달 동안 열 번은 했을까? 생리가 나오지 않자 쏜살같이 산부인과로 달려간 아내는 임신 사실을 확인받고는 의기양양하게 돌아왔다. "의사가 조심하랬어요." 이렇게 말하며 그날로 침대에 드러누운 아내는 잠자는 숲 속의 공주처럼 온종일 잠만 잤다. 나머지 살림은 모조리 내 차지였다. 밥을 하고 반찬 가게에서 사온 반찬을 찬그릇에 담고 먹은 것을 치우고 그 것까지는 견딜 만했다. 내가 견딜 수 없는 것은 아내가 자신의 몸에 손도 못 대게 하는 거였다. 가까이 다가오기만 해도 비위가 상한다나.

"가까이 오지 말아요."

"왜?"

"냄새가……, 견딜 수 없어요."

"무슨 냄새가 난다고 그래."

"온갖 냄새죠. 마늘 냄새, 고기 냄새, 담배 냄새, 껌 냄새, 타이어 닳은 냄새, 약품 냄새, 비듬 냄새, 정액 냄새……. 당신이 가까이 다가오기만 하면 온갖 냄새가 나요. 그러고 나면 비릿한 게 올라와서 곧 토할 거 같다니까요."

저녁상을 다 치우고 난 뒤 베란다에서 혼자 캔 맥주를 마시는 일이 빈번해졌다. 결혼을 해도 달라지는 게 없다. 달라지기는커녕 더 악화되고 있는 건지도 모른다. 나는 왜 그렇게 단순했을까. 아무 때나 내키는 대로 해도 상관이 없다고 왜 그렇게 방심했을까. 사후 처리가 아니라 사전 예방이 중요하다는 것을 왜 몰랐을까. 자학하며 머리라도 쥐어뜯고 싶은 심정이었다. 아내는 나와 달랐다. 푸석푸석한 얼굴로 언제라도 토할 수 있도록 한 손을 입 가까이에 대고 있으면서도 찡그리고 있는 표정 사이로 언제나 득의양양한 기세가 있었다. 그리고 다른 한 손은 자신이 가장 믿을 만한 것은 그것뿐이라는 듯 아랫배에 올려져 있었다.

아내가 믿는 것은 배 속의 아기였다. 아기라는 신을 믿는 충실한 여신도. 내가 결혼에서 섹스를 기대했다면 아내는 그 결과인 아기를 기대한 거였다. 그걸 알았다면 정관수술을 받든가 아니면 최소한 콘돔이라도 사용하는 건데. 그렇게 하면 아기가 생길 때까지 아내는 잠자리를 거부할 수 없을 테니까 말이다. 영원히 미루어질 임신, 영원히 지속될 섹스.

아내가 임신 5개월에 들어설 무렵 나는 인수를 만났다. 결혼 후 2년 만에 이혼한 인수 곁에는 후리후리한 키에 눈이 크고 쌍꺼풀이 진 여자가 앉아 있었다. 생활설계사가 직업이라던 그녀는 인수처럼 이혼한 상태라고 했다. 여자는 말이 많았고 쉴 새 없이 웃어댔으며 먹이를 채가려는 독수리처럼 두 눈을 번득이고 있었다.

"축하드려요. 곧 아빠가 되신다면서요."

"축하는요, 괴로워 죽겠는데."

"어머! 책임감이 강하시구나. 인수 씨 그렇죠?"

여자는 인수를 바라보며 두 눈을 깜짝였다. 인수는 테이블 아래로 여자의 허벅지를 더듬으며 말했다.

"그럼, 저 녀석 학교 다닐 때 1등만 했던 놈이야. 나와는 다르다고."

인수는 워낙 입을 벌렸다 하면 거짓말인 놈이었다. 친구를 1등으로 만들어놓고 자신의 레벨을 높이려는 수작이라고나 할까. 인수의 여자들 앞에서 나는 그동안 여러 사람이 되곤 했다. 독실한 기독교인, 전통문화 전수자의 동생, 유망한 사업가인 형을 둔 샐러리맨. 게다가 그 샐러리맨은 창업을 위해 굴지의 회사에 들어가 벤치마킹을 하는 중이었다.

"어쩐지 아까 들어오는데 보니까 이마가 번쩍거리더라고요."

"이마 번쩍거리는 건 집안 내력입니다. 아버지가 대머리시거든요."

"아이, 농담도 잘하시네."

여자는 하얀 이를 드러내며 까르르 웃었다.

"전 알아요. 미래를 내다보는 분은 다르신 거죠. 가족에 대한 부양, 질 좋은 교육, 편안한 노후의 삶, 이런 걸 혼자 생각하면 괴로울 수밖에 없어요."

나는 본능적으로 여자의 작업이 시작되었음을 알았다. 이 여자는 무슨 보험을 권할까. 교육보험? 생명보험? 아니면 연금보험? 그러나 여자의 입에서 나온 말은 예상과는 달랐다.

"2세가 태어난다는 것은 말이에요. 고독해진다는 거예요."

"고독이라고요?"

"네. 새끼들은 다 똑같아요. 곤충이나 물고기나 사람이나 한결같이 어미 살을 파먹고 커가는 거라고요."

여자의 쌍꺼풀진 눈에 물기가 촉촉이 묻어났다.

"또, 애들 생각하는군."

인수가 여자의 허벅지를 만지던 손을 올려 여자의 어깨를 다독였다. 아마도 인수의 여자는 이혼 후에도 아이들을 부양하는 모양이었다. 여자는 곧 눈가의 물기를 생긋거리는 미소로 지워냈다.

"그 어미들은 물론 아비들을 등쳐먹고 살게 마련이죠. 뭐, 그러니 제일 불쌍한 건 수컷들이에요."

여자는 핸드백을 열더니 지갑에서 명함 한 장을 조용히 내밀었다.

카페에서 나올 때 인수는 내 귀에 대고 속삭였다. "야, 임마. 너 좀 굶주려 보인다. 물 좋고 깨끗한 데 소개해주랴?" "됐거든." 나는 인수의 어깨를 가볍게 밀쳐냈다. 버스 정류장 앞에서 노선버스를 기다리면서 나는 생각에 잠겼다. 아이가 태어나는 것도, 고독해지는 것도, 새끼 때문에 나를 등치고 살 아내도 원하지 않는다. 내가 원하는 것은 오로지 아무 때나 하고 싶을 때 하는 섹스일 뿐이다. 그 단순한 일이 왜 이리 힘든 것일까. 인수의 여자가 한 말이 자꾸 맴돌았다. 2세가 태어나는 것은 고독해지는 거라고? 지금도 충분히 고독한데 더 고독해진다고? 막 출발하려는 택시를 나는 다급하게 불러세웠다. "미아리, 미아리요!"

4.

회사 근처 꽃집에서는 흰 장미를 팔지 않았다. 꽃집 주인은 프리지어를 가리키면서 봄을 느끼기에 손색이 없는 꽃이라고 했다. 유치원 복장과 같은 색깔인 프리지어는 어딘지 촌스럽고 애들 사탕 같은 달콤한 향기를 뿜어내고 있었다. 무엇인가를 기념하기에는 좀 어리숙해 보인다고 해야 할까. 하지만 별 뾰족한 수가 없었다. 꽃집에서 산 프리지어 한 다발과 편의점에서 산 마주앙 매독 한 병 그리고 인터넷으로 주문했기 때문에 포장할 겨를이 없었던 30밀리리터짜리 샤넬 No. 5, 이것이 그날 내가 집으로 가지고 들어간 전부였다. 결혼 1주년을 기념하기 위한 소도구들. 품위는 없지만 그럭저럭 구색을 맞춘. 그 정도라도 구색을 맞추기 위해 일주일 전부터 나는 얼마나 노심초사했던가.

향수를 넣어 주머니가 불룩해진 양복 차림으로 한 손에는 꽃다발을, 다른 한 손에는 포도주 병을 들고 간신히 초인종을 눌렀을 때 나는 무엇인가 잘못되었다는 것을 느꼈다. 문은 오래도록 열리지 않았다. 5분 그리고 또 5분. 마침내 열쇠를 꽂기 위해 포도주 병을 들고 있는 쪽의 옆구리에 꽃다발을 끼웠을 때 바스락거리며 짓뭉개지는 투명 셀로판종이 소리를 들으며 나는 이 모든 것들이 결코 환영받지 못할 것임을 깨달았다.

아내는 안방에서 젖을 물리고 있었다. 젖을 물리고 있는 아내의 모습은 내겐 언제나 하나의 인상으로 고정되었다. 헝클어진 머리 아래 훌러덩 올려져 프린트된 도널드의 얼굴이 찌그러져 보이는 면티, 한쪽 가슴에 파묻혀 있는 새까만 아기의 머리통, 퉁퉁 부어 고장 난 수도꼭지처럼 뚝뚝 젖물이 떨어지고 있는 다른 쪽 가슴. 인간이라기보다는 암소에 가까운 모습.

내가 들어가고 나서도 아내는 한참 만에 고개를 들었다.

"오늘은 야근 안 해요?"

"일이 있다고 먼저 왔어."

"일은 무슨 일. 애 한 번 안아주지 않으면서."

아내는 아기를 번쩍 들어 올려 위치를 바꾼 후 다른 쪽 젖을 물렸다. 아기는 갑자기 허전해진 조그만 입을 오물거리며 용을 쓰다가 코와 입 사이로 젖물이 떨어지자 게걸스럽게 다른 쪽 가슴에 파고들었다. 쭉쭉 빨아대며 허겁지겁 삼키는 소리가 유난스럽게 들렸다. 저것이 어미를 빨아먹고 어미를 통해 아비를 발라먹는 새끼란 말이지. 젖 넘어가는 소리가 들릴 때마다 살점이 뜯겨나가는 기분이 들어 나는 순간적으로 몸서리를 쳤다.

"웬 꽃이에요?"

그제야 아내는 물었다. 프리지어 꽃다발은 거실 겸 주방의 식탁 위에 놓여 있었다. 거실과 안방이 일자로 연결된 18평 아파트에서 달콤한 꽃향기가 아내의 코끝에 달라붙는 데 이리도 오래 걸린단 말인가.

"오늘 무슨 날인지 몰라?"

"백일은 아직 멀었고 우리 한수 태어난 지 58일 되는 날인데. 곧 고개를 가눌 수 있을 거예요. 목덜미가 제법 뻣뻣해진걸요. 설사도 좀 덜하고. 낮에는 모빌 움직이는 걸 뚫어져라 쳐다보더라고요."

"애 좀 그만 내려놓을 수 없어?"

나는 소리를 지르려다가 애써 누그러뜨린 목소리로 말했다.

"이제 거의 다 됐어요."

잠시 후 아내는 아기 침대 위에 아기를 내려놓았다. 아기는 짓물러진 입가를 연신 오물거리면서 잠이 들었다. 아내는 두툼한 솜이불을 다독거리며 아기의 얼굴을 한참 들여다본 뒤 거실로 나왔다.

"오늘이 무슨 날인지 알게 뭐예요. 목요일 아니면 금요일, 아니면 월, 화, 수요일 중 하루겠지. 혹시 당신 생일? 당신 생일은 여름이잖아요."

아내는 프리지어에 한 번 눈길을 준 듯 만 듯 다시 다용도실로 향했다. 다용도실 문을 열자 지린내가 진동을 했다. 기저귀가 쌓여 있는 커다란 함지박 위로 아내는 온수 꼭지를 돌려 뜨거운 물을 틀어놓았다.

"프리지어, 당신은 별론가 보지?"

"뭐라고요?"

물소리에 잘 들리지 않았던지 아내가 되물었다. 기저귀를 헹구느라 앉았다 일어났다 반복하는 아내의 엉덩이는 커다란 부댓자루 같았다. 너무 헐렁해져 무엇이 들어가든 헛돌게 만드는 부댓자루.

함지박의 기저귀를 세탁기 통 안으로 넣고 작동 버튼을 누른 뒤에 아내는 다용도실에서 나왔다. 프리지어를 들었다 놓으며 아내는 눈살을 찌푸렸다.

"화병에 꽂는 꽃은 질색이에요. 피어 있을 때만 봐줄 만하지 시든 뒤에는 얼마나 고약한 냄새가 나는지. 그보단 화분이 훨씬 낫지. 정성껏 가꾸기만 하면 꽃도 해마다 피워내지, 또 조금씩 쑥쑥 자라지 애 크는 거랑 똑같다니까요."

아내는 찬장 문을 몇 번 열어보더니 맨 아래 칸에서 빈 분유통을 꺼냈다. 그러고는 싱크대에 수도를 틀어 한 번 헹구어낸 후 물을 반쯤 담았다.

"병원에서 쓰던 거 혹시나 해서 가져왔는데 쓸모가 있네."

프리지어는 분유통에 넣어졌다. 우윳빛 표면 위에 분유 성분이 작은 글씨로 깨알처럼 적혀 있는 깡통 안에 들어간 프리지어는 더 촌스럽고 애처로워 보였다. 작은 글씨 옆에서 젖살이 뒤룩뒤룩한 우량아가 웃고 있었다.

"참, 이참에 우리 화분 하나 사요. 우리 한수 크는 거랑 비교해보게요."

우리 한수, 우리 한수. 말끝마다 갖다 붙이는 우리 한수라는 말에 나는 다시 한 번 진저리를 쳤다. 나는 아내가 말하는 우리 속에 들어가고 싶은 생각이 결코 없었다. 꼬물거리는 작은 살덩어리, 아내의 젖가슴에 집요하게 달라붙는 탐욕과 아무 때나 먹고 싸 뭉개는 본능, 어미의 살을 파먹고 아비의 욕구를 짓밟는 저 뻔뻔스러운 부양에의 요구. 결혼기념일을 위한 조촐한 행사는커녕 나는 점점 맥이 빠져버렸다. 갑자기 허기가 몰려왔다.

"배고파. 밥이나 줘."

"어쩌나. 지금 해야 하는데. 오늘따라 어찌나 보채던지 하루 종일 짬이 없었다고요."

아내는 도리어 자신의 피로를 내게 하소연했다. 하루 종일 먹어대느라 짬이 없었겠지. 아기한테 물릴 젖가슴을 채우기 위해서 말이야. 나는 그런 말을 속으로 삼켰다. 슬슬 부아가 나기 시작했다.

"애 울 때마다 달래니 그런 거야."

"그럼 울게 놔둬요?"

"그럼 놔둬야지."

"그러다 애 성질 버려요."

"무슨 소리. 배고픈 것도 알고 똥 싼 엉덩이 축축한 것도 알고 그렇게 인생의 진창을 일찌감치 겪어야 강한 아이가 되는 거라고."

"당신은 그렇게 컸어요?"

아내가 눈을 동그랗게 뜨며 물었다.

"그래. 난 그렇게 컸어."

"그렇군요. 그래서 그렇게 인정이라고는 손톱만치도 없는 거로군요. 애가 울건 말건 비디오나 보고 인터넷 포르노 사이트나 뒤지고 말이죠. 자기 새끼한테 어쩜 그럴 수 있나 했더니……. 임신 3개월째 입덧으로 고생하고 있는 내게 '수술할까?' 하고 물을 때 알아봤다니까요."

아내는 금방이라도 울 태세였다. 흐느낌, 눈물, 낙태를 종용했던 남편에 대한 기억의 환기는 아내가 종종 휘두르는 무기였다. 아기, 여자는 남자들이 돌봐야 할 사회적인 약자들이고 성인, 남자는 연약한 여자를 짓밟는 존재들이라는 것, 낙태는 부정한 것이고 출산은 신성한 것이라는 고정관념과 단순화된 이분법은 아내가 흘리는 눈물의 유력한 근거였다. 내가 매번 그 앞에서 물러났던 것은 그것이 옳아서가 아니라 울고 있는 여자를 바라보고 있기가 짜증스러워서였다. 그러나 이번만큼은 호락호락 넘어가고 싶지 않았다.

"왜 어때서? 그 많은 수정란이 다 세상 밖으로 뛰쳐나오면? 그러면 세상이 더 행복해질 거 같아? 후진국일수록 출산율이 높은 게 다 이유가 있다고. 낙태라는 기술이 없었다면 지금의 이 풍요, 여자들의 사회적 진출, 그런 게 가능했을 거 같아?"

"흑."

아내는 울음을 터뜨렸다. 줄줄 흘러내리는 눈물은 멈출 줄을 몰랐다. 아내는 눈물 콧물 범벅이 된 얼굴로 띄엄띄엄 말했다.

"세상 같은 거…… 나…… 몰라요. 그치만…… 당신도 모르는…… 게…… 있어. 배 속에서…… 한 생명체……가 자라고…… 있는 게 어떤…… 느낌인지. 온몸이 변하고…… 짐승처럼…… 감각이…… 이상해지고…… 역겹고 고약한…… 그 느낌을…… 당신은 몰라……. 도망치려야…… 도망칠 수도 없이…… 배 속에서 나를 꽉…… 잡고 놔주지 않는…… 그 질긴 것을 당신은…… 몰라."

더 이상의 대화가 가능하지 않았다. 밥이 되려면 아직 멀었고 허기마저 어디론가 달아나 버렸지만 흐느끼고 있는 아내를 물끄러미 바라보고 있기보다는 무엇이라도 하는 게 나았다. 나는 식탁 밑에 내려놓은 포도주 병을 꺼내 주머니에 있던 맥가이버 칼로 병마개를 땄다. 병째 입에 물고 기울이니 꿀렁꿀렁 소리와 함께 입안 가득 들쩍지근한 포도주가 담겼다. 미지근하고 비릿한 맛. 이것이 사는 맛일까. 어쨌든 아내가 눈물만큼은 그쳐주었으면 싶었다.

"당신도 한 잔 줄까?"

흥분을 가라앉히는 데 도움이 될까 싶어 권했던 한 마디. 돌아오는 것은 역시.

"애 젖 먹이는 거 몰라요?"

아내는 티슈를 한 장 뽑아 코를 풀면서 대답했다. 반병쯤 마시고 난 뒤 나는 바람 좀 쐬겠다며 밖으로 나왔다. 엘리베이터를 타는데 양복 주머니에서 향수병이 찰랑거렸다. 아내는 끝까지 오늘이 무슨 날이냐고 묻지 않았다. 젖 냄새와 샤넬 No. 5. 아내는 필시 젖 냄새를 택할 것이다. 이걸 어쩐담. 인수에게 주면 인수의 새로운 여자에게 넘어가겠지. 차라리 회사 여직원에게 줘버릴까. 엘리베이터 문이 열리자 아파트의 각진 모서리 사이에 간신히 걸려 있는 초승달이 눈에 들어왔다.

5.

두 번째 결혼기념일은 까맣게 잊었다. 세 번째도 네 번째도 결혼식 날짜 같은 건 도무지 기억할 일이 못 된다는 듯 한동안 기억에서 지워져 있었다. 하긴 날짜가 중요한 것은 아니었다. 중요한 것은 횟수였다.

첫 번째에서 두 번째 결혼기념일 사이 집에서 한 횟수는 대략 다섯 번 정도. 밖에서 한 게 열한 번이니 대략 전체의 3분의 1을 한 셈이다. 물론 분모를 365로 하면 분자는 터무니없이 작은 숫자가 되고 만다. 중간에 아기 울음소리에 그르친 것까지 합한 숫자이니 실상을 말하자면 양적으로나 질적으로 형편없었다. 세 번째 결혼기념일 즈음에는 좀 나아졌던 것 같다. 10대 14. 전체적으로도 증가세였으며 부문별로도 고르게 증가했다. 특히 집에서 한 숫자는 두 배로 늘었다. 그리고 네 번째 결혼기념일이 되자 드디어 상황은 역전되었다. 20대 8.

아무래도 내 작전이 주효했던 것이라고 생각했다. 나는 두 번째 결혼기념일이 지난 후 아내 모르게 정관수술을 받았던 것이다. 아기를 낳은 첫해에는 육아 때문에 주저하던 아내가 두 돌이 지나도록 뜸을 들이는 것이 둘째와의 터울을 의식하는 것이라는 사실을 알고 나자 나는 망설임 없이 수술을 받았다. 10분 만에 끝난 간단한 수술. 종단. 내가 방출할, 결코 생명체로 자라나지 못할 정자들. 후련했다. 나를 빨아먹고 자라날 새끼는 하나로도 충분하니까.

이제 둘째를 가져도 될 세 번째 결혼기념일 즈음부터 아내는 조금씩 섹스에 적극적이 되었다. 막상 둘째가 쉽게 생기지 않자 아내는 초조해지기도 했을 것이다. 물론 한 달에 한두 번 하는 것으로는 아직도 멀었다. 내가 생각하는 고지는 주 2회였다. 밤마다의 필사적인 노력. 애태우고 기다리고 포기할 듯 물러섰다 그래도 다시 더 한 번 나를 내던지던 인내의 시간들. 고지(高地)로 가는 길은 고행(苦行)의 길이었다.

"자?"

"오늘은 좀 피곤하네요."

"어제도 피곤하다고 했잖아."

"내일은 좀 나을 거예요."

"당신 자꾸 이럼 성적 의무 불이행으로 이혼당할 수도 있어."

"부부 사이에도 강간이 성립한다고 그랬어요."

"말도 안 돼."

"요즘 세상이 어떤 세상인데요."

"한마디로 잘못 돌아가고 있는 세상이지."

"저는 피곤해요."

"당신 아직 한창때란 걸 몰라? 이제 서른 가까운 여자가 왜 40대처럼 굴어."

"그럼 가정부나 유모 같은 거 만들어줘요. 요즘 애 하나 키우기가 얼마나 힘든데."

"칫. 앓느니 죽지."

주로 이런 대화를 주고받기는 했지만 이따금 만족스러운 날도 있었다. 그럭저럭 아내의 배 위에서 단말마처럼 절정의 순간을 맛본 후 서서히 하강하던 날들. 아내는 차츰 신음소리를 내는 요령을 터득했다. 저야 만족을 하든 어쩌든 아내의 신음소리는 내게 일종의 격려였다. 나는 아내의 신음소리를 밑천 삼아 고지를 향해 만족이라는 능선을 타기 시작했다.

다섯 번째 결혼기념일 즈음에 만족은 최고조에 달했다. 아내의 배 위에서 모형 비행기를 타고 날아가는 듯한 날. 끊임없이 내 쪽에서 동력을 제공해야 하는 어려움이 있기는 하지만 한번 발동이 걸린 비행기는 제법 잘 날았다. 오른쪽으로 왼쪽으로 위로 아래로. 좋아, 좋아, 모든 걸 다 용서하지. 불발로 끝났던 첫날밤도, 대책 없이 들어선 애새끼도, 걸핏하면 돌아눕는 당신의 피로도, 이 순간 다 용서하지. 어느 순간 모형 비행기는 우주 비행선으로 바뀌어 우주를 떠돌았다. 별도 없이 캄캄한 우주. 아무것도 없는 것 같기도 하고 그 자체로 충만한 것 같기도 한 허공의 신비.

한밤중에 걸려온 전화만 아니었다면 그렇게 몇 번이고 우주를 떠돌았을 텐데.

## 6.

전화벨 소리는 짧게 두 번 울린 후 끊어졌다.

"무슨 전화야?"

나는 아내의 배 위에서 낑낑대며 물었다.

"난들 알아요? 잘못 걸린 전화겠지."

잠시 후 다시 전화벨이 울렸다. 이번에는 벨 소리가 끊어지지 않고 계속 울렸다. 내가 받을 생각을 하지 않자 아내가 누운 채로 머리 위를 더듬어 전화기를 들었다.

"여보세요."

아내의 목소리에 겹쳐진 저쪽 목소리는 분명히 굵은 저음의 남자

것이었다. 잠시 후 아내는 자리에서 일어나 전화기를 내려놓았다. 어둠 속에서도 아내가 떨고 있는 게 느껴졌다.

"뭐야?"

"'여보세요' 하더니 끊어졌네."

"뭐 짚이는 데 없어?"

"짚이긴 뭐가 짚인다고 그래요. 내 목소리 듣고 아니니까 미안해서 그냥 끊었겠죠."

아내의 목소리가 다른 때보다 단정했다. 애써 침착해하는 낯선 태도.

"당신 다 끝났어요?"

"아니."

그러나 이미 흥은 깨져 버렸다. 나는 다시 한 번 우주를 떠돌아 볼 꿈을 꾸었지만 내가 떠돈 곳은 시궁창이었다. 누군가 내다 버린 쓰레기로 입구가 막힌 시궁창. 수상한 냄새가 진동하는 느낌이었다. 나는 다시 발동을 걸었다. 날아다오, 한 번만 더 날아다오. 모형 비행기는 다시 하늘을 올랐다. 그러나 곧 앞을 가로막는 야트막한 동산에 걸려 곤두박질쳤다.

그날 이후로 전화는 두 번 더 왔다. 다음 날과 그 다음다음 날. 다음 날 밤 열두시경 나는 비디오로 〈언페이스풀〉을 보고 있었다. 리처드 기어가 아내의 부정을 알아채고 괴로워하는 장면이 텔레비전 화면에 클로즈업되고 있었다. 그때 전화벨이 울렸다. 나는 비디오를 스톱시켜놓았지만 전화를 받지는 않았다.

"전화받아."

나는 소파에 앉은 채 소리쳤다. 아내는 아무런 대꾸도 없었고 나타나지도 않았다. 욕실에서 물 흐르는 소리가 들려왔다. 높은 수압을 견뎌내지 못한 수돗물이 샤워기의 작은 구멍으로 일제히 분사되는 소리. 아내는 10여 분 후에 욕실에서 젖은 머리를 수건으로 감싼 채로 나왔다. 전화는 이미 끊어지고 난 뒤였다. 한밤중에 머리를 감다니. 전에도 그랬던가.

"머리가 너무 가려워서요."

묻지도 않았는데 아내가 말했다. 나는 아내의 흰자위가 붉게 충혈되어 있다고 느꼈다. 아내는 수건으로 머리를 비비며 안방으로 들어갔고 나는 다시 비디오의 재생 버튼을 눌렀다.

다음다음 날 밤에는 아내와 함께 식탁에 앉아 아이 문제를 상의하고 있었다. 나는 여섯 살이 될 때까지 아이를 집에서 충분히 놀리기를 원했고 아내는 지금 당장 어린이집이나 교육센터 같은 곳에서 다양한 조기교육을 받게 해야 한다고 주장했다.

"애들은 노는 게 공부야."

"무슨 소릴 하는 거예요. 다른 애들은 세 살 때부터 한글이니 영어니 배우느라 난린데."

"그게 다 돈이 남아돌아서 하는 지랄들이지 어디 애들 위한 건 줄 알아?"

"그래요. 우린 돈이 없어서 남 하는 지랄도 못 하는 거죠."

"돈 있어도 그딴 짓은 안 해. 차라리 당신 옷이나 사 입어. 맨날 늘어진 티 쪼가리나 걸치고 있지 말고."

"제대로 된 옷 한 벌이 얼마나 하는 줄 알아요?"

아내가 막 언성을 높이려는 순간 전화벨이 울려댔다. 시계는 막 열한시를 넘어가고 있었다. 요란하게 울려대고 있는 휴대전화는 식탁 위 손을 뻗으면 곧 닿을 만한 거리에 있었다. 그러나 아내도 나도 받지 않았다. 나는 휴대전화와 아내의 얼굴을 동시에 바라보았다. 아내는 눈을 아래로 내리깔고는 입술을 잘근잘근 씹고 있었다. 아내와 나 사이에 1, 2분이 1년처럼 흘렀다. 한순간이 이렇게 길게 느껴질 수도 있구나. 아내를 바라보고 있는 두 눈이 시려오기 시작할 무렵 아내는 휴대전화를 들었다.

"네. 네. 아니요. 지금은……, 아 네, 그래요."

뚜. 명줄 끊어지는 소리를 내며 전화는 끊겼다. 아내는 휴대전화를 식탁 위에 내려놓고 아무 말도 하지 않았다. 나 또한 묻지 않았다. 그러나 그 순간 우리 사이에 뭔가가 달라졌음을, 보이지 않는 벽이 우뚝 솟아 둘 사이를 갈라놓기 시작했음을 나는 알았다. 안다는 것은 때로 공포였다. 아내의 부정을 알아챈 리처드 기어처럼 그것은 돌아갈 수 없는 다리를 건너는 것이었다. 나는 내 안에서 일어나는 너무도 자명한 의심의 불길을 애써 다독였다.

"당신 마음대로 해. 어린이집을 보내든 영어 선생님을 들이든."

그날 밤이 아무 일도 없는 것처럼 흘러갔다. 다음 날도 또 그다음 날도. 그 이후로 한밤중의 전화는 다시는 걸려오지 않았지만 내 안에서는 늘 전화벨이 울려대고 있었다. 아침 출근길 내 등 뒤에서 현관문이 삐익 소리를 내며 닫힐 때, 귓가에서 부재중임을 알리는 집 전화벨 소리가 하염없이 울려댈 때, 저녁 식탁에서 생기를 발하고 있는 아내의 발그레한 뺨을 바라볼 때, 내가 그토록 바랐던 아내와의 잠자리, 그 잠자리에서 허공을 더듬는 아내의 시선을 느꼈을 때…….

한수는 한글과 태권도와 피아노와 그림을 동시에 가르쳐준다는 동네의 한 어린이집을 다니게 되었다고 했다. 점심을 먹고 노란 버스를 타고 집 앞에 내리는 시간은 두시. 그렇다면 아홉시부터 두시까지 그 시간에 아내는 무엇을 할까? 한밤중에 걸려온 전화를 몇 번이나 받을까? 내가 모르는 낯선 자의 방문은 몇 번 있을까? 의심의 불길은 가라앉지 않고 점점 번져나갔다. 나는 의심한다. 고로 존재한다. 이 세상에는 우리가 알 수 없는 것들이 얼마나 많이 존재하는 것일까. 의심의 칼날을 휘두르면 모든 것이 단칼에 베어졌다. 미스 김이 월요일마다 목덜미에 밴드를 붙이고 오는 까닭은? 사내 유일한 여자 차장인 윤 차장이 술자리를 마다하지 않는 까닭은? 술자리마다 마지막에는 사내 실력자인 서 부장과 단둘이 남는 까닭은? 뚱뚱한 미스 윤이 목덜미가 헐렁하고 허리가 짧은 상의 차림으로 팬티 고무줄이 보이도록 허리를 드러내는 까닭은? 여자들이 집에 발 디딜 틈 없이 바쁜 남편들을 내치지 않는 까닭은? 날건달 인수에게 끊이지 않고 여자들이 꼬이는 까닭은? 한수가 어린이집을 다니고 난 뒤부터 아내의 얼굴에 생기가 넘치는 까닭은? 진실 뒤편의 허위와 허위 안의 또 다른 진실.

아내는 다섯 번째 결혼기념일과 여섯 번째 결혼기념일 사이의 어느 날 동창회가 있다며 저녁을 차려놓은 후 한수를 남겨두고 외출을 했다. 밤이 깊도록 아내는 돌아오지 않았다. 새벽녘의 푸르스름한 기운이 거실 창을 싸늘하게 적시기 시작했을 때 현관문에서 열쇠 돌리는 소리가 들렸다. 나는 아내가 문을 열기 전 안방 침대에 가서 누웠다.

아내의 동창회는 그해 유난히 잦았다. 일주일에 연거푸 두 번 나가는 아내 앞에서 나의 인내심은 드디어 한계에 도달했다. 내가 집에 도착했을 때 아내는 정성껏 화장을 한 얼굴에 하늘하늘한 파란색 원피스를 입고 있었다. 한 번도 본 적이 없는 눈이 시리도록 파란 원피스.

"말해!"

"뭘요?"

"누굴 만나러 가는지."

"동창 모임이라고 했잖아요."

"동창 모임은 1년에 한 번 하는 거 아닌가?"

"올해 유난히 일이 많이 생겨서 그래요."

"언제부터 그런 거 챙기며 살았지?"

"제가 총무예요. 말 안 했어요?"

"총무? 그런 건 애가 없거나 애가 다 큰 사람이나 하는 거야."

"내년엔 안 할 거예요."

"당장 그만둬."

"그만두더라도 인수인계는 해야 할 거 아니에요."

얘기를 할수록 치사해지고 나 자신이 작아지는 느낌이 들었다. 하는 수 없었다. 좀 더 치사해지는 수밖에.

"그 모임에 남자도 있어?"

"저 남녀공학 나온 거 잊었어요?"

"잘한다. 가정 있는 연놈들이 밤이슬 맞아가며 잘 놀고 있네."

"당신 말 다했어요?"

나를 노려보는 아내의 두 눈에서 노란 불길이 날름거리고 있었다. 금방이라도 나를 덮칠 것 같은 노란 불길. 물론 내 안에서도 똑같은 불길이 타오르고 있다. 그러나 그쯤에서 나는 물러났다.

"늦지 마. 딴짓 하다 걸리면 내 손에 죽어."

아내는 내 말을 듣는 둥 마는 둥 핸드백을 집어 들고 쏜살같이 현관을 빠져나갔다. 그날 밤 열두시가 넘어 아내는 전화를 걸어왔다. 수화기로 들리는 시끄러운 소리. 혀가 꼬부라져 부정확한 아내의 발음.

"오늘 못 들어가요."

"……."

"친한…… 친구가 끅, 멀리, 끅, 떠난다고……."

"……."

"한 번만…… 봐줘요. 끅, 당시느은 평생이지만 끅, 이 칭구…… 끅, 마지막으로."

"여자야, 남자야?"

"흐응, 그딴 게 중요해, 긋, 요?"
"빨리 말해."
"……."

7.

그 후로 아내는 밤 외출을 하지 않았다. 그 대신에 아내는 자신을 완전히 방치했다. 풀어 헤친 머리, 초점을 잃은 눈동자, 유령 같은 걸음걸이, 시체처럼 침대 위에 늘어져 있는 사지. 잠자리를 거부하지는 않았지만 무감각해진 아내의 몸은 아무런 반응도 보이지 않았고 아랫도리는 늘 바짝 말라 있었다. 막힌 입구 앞에서 서성거리는 무력한 시도. 차라리 암소처럼 젖 냄새를 풍기던 때가 나았다.

"당신 아침 먹었어?" "아뇨." "점심은?" "생각 안 나요." "아무것도 안 먹어서 그래. 뭐라도 먹어야 힘이 생기지." "생각 없어요." "그러지 말고 뭐 좀 새로운 일을 해보지 그래." "뭐요?" "수영이라든가, 헬스라든가." "사람들 보기 싫은데." "이봐, 휴대전화 가스 전기 요금 다 연체되었잖아." "그러네요." "몰랐어?" "네." "차라리 동창회에 다시 나가." "것도 재미없는데……." "제발, 정신 좀 차려!"

나는 식탁 앞에서 떠놓은 공깃밥이 식어가게 내버려 둔 채 늘어진 잠옷 차림으로 앉아 있는 아내의 양어깨를 마구 흔들었다. 식탁 밑에서 로봇을 갖고 놀던 한수가 그런 나를 말똥말똥 바라보다가 작은방으로 들어갔다.

"여보."

아내가 입을 떼었다.

"미안해요."

"아냐. 괜찮아. 당신이 정신만 차려주면 돼."

"저, 사실……."

"응. 말해."

"수술했어요."

"수술?"

"네. 아기를 뗐다고요."

"……."

"한수하고 나이 터울도 나고, 둘 키울 자신도 없고, 또 당신도 별로 원하지 않는 거 같아서."

"……."

"미안해요. 의논도 않고 혼자 처리해서……."

"……."

그 순간 정신이 아뜩해지면서 머릿속으로 황량한 모래바람이 불어왔다. 아니겠지. 정관수술로 묶어놓은 자리가 풀어질 수도 있다는데 그런 거겠지. 나 아닌 다른 놈의 씨를 품었던 건 절대 아니겠지. 나는 간신히 입술을 뗐다.

"괜찮아. 잘했어. 아암 잘했고말고."

8.

결혼 10주년 기념일인 오늘 아내는 꽃다발과 향수병 대신에 재즈 카페를 원했다. 아내가 가고 싶어 하는 재즈 카페는 대학로에 있었다. 객석을 대신한 넓은 홀의 한구석에 자리를 잡은 뒤 나는 낯선 기분으로 무대를 바라보았다. 머리가 희끗희끗한 리더를 중심으로 오른쪽에 더벅머리의 기타리스트와 얼굴선이 가는 여자 드러머가 있었고, 왼쪽에 이어링을 단 색소폰 연주자와 상고머리의 트럼펫 연주자가, 그리고 작고 동글동글한 북 앞에 거구의 남자가 앉아 있었다. 리더의 신호로 연주는 시작되었다.

두 번째 연주곡이 끝나갈 무렵 아내가 말했다.

"저 친구, 말예요."

"누구?"

"귀걸이 한 친구."

"응, 근데?"

"문학박사 학위까지 받고는 다 버려두고 미국으로 가버렸대요. 그래놓고는 색소폰 연주자가 되어 날아왔지 뭐예요."

고음을 내느라 양 볼이 홀쭉하게 들어간 색소폰 연주자는 상체를 비틀며 마지막 혼신의 힘을 다하고 있었다.

"대학 다닐 때 저 친구랑 여기 온 적이 몇 번 있는데 이렇게 무대 위에서 연주를 하게 될 줄 누가 알았어요."

저 남자가 4년 6개월 전 밤새 아내를 붙들어 둔 그 작자일까? 아내의 배 속에 더러운 씨앗을 남겨두었던 놈이 저 남자일까? 황급히 내뿜은 담배 연기에 두 눈이 매웠다.

"인생이란 정말 알 수가 없다니까요."

정말로 알 수 없는 일이다. 아내가 우울증에서 벗어난 것은 재즈를 듣기 시작하면서였다. 빌리 홀리데이, 쳇 베이커, 존 콜트레인, 세라 본, 부에나비스타소셜클럽. 거실의 작은 오디오 장식장 안이 재즈 시디로 채워졌다. 나는 축축 늘어지는 재즈보다는 시원하게 내지르는 록을 좋아하는 편이었다. 하지만 그 무렵에는 재즈도 들어줄 만했다. 무엇보다도 아내가 나날이 좋아지고 있었기 때문이다. 아내는 간혹 잠자리에도 응했고, 간혹 섹스가 끝난 뒤 재즈의 한 대목을 허밍으로 불러대기도 했다.

어처구니가 없는 것은 나 또한 재즈에 빠져들었다는 사실이다. 재즈 음은 뭐랄까, 추적거리는 가을비 같았다. 한참 듣고 있다 보면 술을 마시게 되었고 술을 마시다 보면 온몸이 비에 젖은 듯 무거워졌다. 재즈 선율에 젖은 몸이 또 젖었고 그 위로 다시 술이 부어졌다. 재즈도 나도 대책 없이 흐느적거릴 때 나는 그만 등에 지고 있는 모든 짐을 내려놓고 싶은 심정이 되었다. 나는 이따금 생각했다. 아내를 용서

해야 할까? 아내는 내가 정관수술 받은 것을 모른다. 그 사실을 알면 아내는 나를 죽이려 들지도 모른다. 어쨌든 오랫동안 둘째를 원해왔으니까. 그렇다고 다른 놈의 애를 배다니……. 처음엔 아내의 가랑이를 찢어 죽이고 싶었다. 그런데 그놈의 재즈 소리가, 집 안 가득히 흘러내리는 재즈 소리가 내 안의 살의를 빼앗아가고 말았다. 나는 점차로 무력해져서 팔다리에 힘이 빠져나가더니 가장 중요한 그곳조차 축 늘어져 버렸다. 나는 깨달았다. 결혼은 왜 하는가? 하고 싶을 때 할 수 없는 것이 많은 게 인생임을 깨닫기 위해서 한다. 어차피 할 수 있는 것이 많지 않다면 횟수가 대수겠는가. 중요한 것은 한다는 것이다.

마지막 연주가 끝날 무렵 나는 아내의 눈에 맺혀 있는 물기를 보았다. 연주에 감동받은 것일까? 꿈꾸는 듯, 회한인 듯, 아쉬운 듯, 몹쓸 그리움인 듯……. 아내의 얼굴 표정은 고음과 저음을 자유자재로 넘나드는 색소폰 소리에 따라 시시각각 변하고 있었다. 이 여자가 이렇게 풍부한 표정을 갖고 있었다니. 게다가 그 표정에는 내가 아는 아내와는 무척이나 다른 여자가 숨어 있었다. 그것은 놀라운 발견이었다.

"제 선물은 집에 가서 줄게요."

아내는 내 귓가에 대고 속삭였다.

나는 지금 침대에 누워 있다. 발가벗은 내 몸을 덮고 있는 솜이불이 새털처럼 가볍다. 열린 문틈으로 욕실에서 나는 물소리가 들려온다. 아내의 몸 위로 떨어지고 있는 물방울들은 투명한 제 몸을 부딪쳐 무엇을 씻어내고 있는 것일까. 목욕 가운을 걸치고 아내가 들어온다. 가운 속에 아내의 선물이 있다. 오랜 기간의 수유로 조금 늘어진 젖가슴과 살이 찌지는 않았지만 흐물흐물해진 뱃살과 아직도 다섯 명은 더 나올 것 같은 펑퍼진 엉덩이. 젊은 날의 내가 매일 밤 들어가고 싶어 안달했던 그곳.

전주곡처럼 색소폰 소리가 흘러나온다. 쳇 베이커의 〈얼론 투게더(Alone Together)〉다. 아내의 몸 깊은 그곳에 닿는 순간 나는 눈을 감는다.

오래전의 어느 날처럼 다시 한 번 날고 싶다. 날기 위해서는 중력보다 더 무서운 힘으로 거슬러 올라야 하는 법. 나는 호흡을 가다듬고 비행선의 발동기를 돌리기 시작한다. 앞으로, 앞으로, 위로, 위로. 마침내 나의 비행선은 지구를 빠져나간다. 별도 없이 캄캄한 우주가 내 앞에 광활하게 펼쳐진다. 어쩌자고 나는 아내의 선물을 받아들인 것일까. 나도 아내도 서로 용서하지 않았는데. 하지만 나는 미욱한 자신을 용서하기로 한다. 별도 뜨지 않은 우주를 홀로 비행하는 것은 외로운 일이므로.

# 아홉 번째 고독

## 1. TO. 9th-solitude

아홉 번째 고독, 맞지요? 당신의 아이디는 암호 같아요. 처음 9th-solitude라는 아이디를 메일 편지함에서 보았을 때 얼마나 낯설었던지요. 이상한 스팸 메일도 다 있네, 생각했습니다. 전화를 받고 나서야 그것이 당신 것인 줄 알았어요. 아홉 번째 고독. 아마도 당신이란 사람은 겹겹도 모자라서 아홉 겹의 고독 속에 자신을 감추고 있었던 것인지도 모르겠어요.

처음 남편과 함께 나타났을 때의 당신 모습이 떠올라요. 그때 당신은 무척 견고한 성 같았지요. 어지간해서는 결코 부서지지 않을 견고한 성 말이에요. 그러한 당신을 소개하는 남편의 눈빛에는 신뢰가 담겨 있었어요.

언젠가 남편은 당신을 가리켜 '유쾌한 작가 선생'이라고 하더군요.

그러고는 곧 당신을 '친구'라고 불렀어요. 그건 남편이 붙일 수 있는 최고의 호칭이었어요. 직업이 세무사인 남편은 타인에 대해 여간 냉정한 게 아닙니다. 특히 작가와 같은 부류는 좋아하지 않았어요. 하긴 대다수의 작가들은 남편 직업과 무관한 사람들이지요. 한마디로 세금 문제로 골머리를 썩일 입장은 아니니까요. 하지만 딱히 그런 이유 때문만은 아니었어요. 남편에게 작가란 일종의 낭비자에 불과했던 거예요. 감정의 사치 속에 인생을 낭비하는 자들인 거지요. "열심히 사는 게 제일이야. 무엇 때문에 소설 따위를 읽으면서 남의 인생을 기웃거리지?" 남편은 이렇게 말하곤 했어요. 그런 점에서 나와는 늘 의견이 엇갈렸답니다. 나로 말하자면 현실보다는 소설 속에 인생의 진실한 모습이 담겨 있다고 여기는 편이었으니까요.

어쨌든 출판사 세금 문제를 의뢰하러 온 당신은 처음부터 남편 마음에 들었던 게 분명해요.

쉬는 날 가까운 공원에 가서 돗자리를 깔고 누워 있던 기억이 나요. 당신이 그때 들고 있던 책은 앙드레 말로에 관한 짧은 전기였어요. 엎드려 책을 읽고 있는 당신의 등 위로 남편은 기분 좋은 미소를 던졌지요. 그 미소에서 나는 남편의 젊은 날을 느꼈어요. 지금은 지극히 실제적인 세무사의 삶을 살고 있지만 남편에게도 무분별한 열정에 들떴던 시간들은 있었을 것이라고 생각했지요. 어쩌면 남편의 미소는 세금 장부로부터 벗어난 호젓한 기분에 불과했던 것인지도 모르겠지만요.

그 무렵에는 그렇게 셋이서 보낸 기억이 많습니다. 그 기억들을 하나로 묶는다면 아마도 갖가지 색깔의 꽃들을 하나로 묶어놓은 꽃다발이 될 거예요. 거기에 '행복'이라는 단어를 올려놓아도 좋아요. 행복이란 것이 뒤이어 오는 불행을 감쪽같이 속이는 찰나적인 것이라면 말이에요.

## 2. TO. 9th-solitude

그날 생각나요? 우리가 탄 차가 두물머리로 향하고 있었잖아요. 남한강과 북한강이 만나는 두물머리를 가보자고 했던 사람은 남편이었지만 남편은 거래처의 급한 문제로 갑자기 빠지게 되었지요. 그래서 차 안에는 당신과 나 둘뿐이었던 거예요. 그날 남편의 처신은 조금 뜻밖이었어요. 한나절의 드라이브에 불과하지만 친구와 아내를 함께 보낼 생각을 하다니요. 한편으론 그 사람다운 행동이다 싶기도 해요. 사람을 잘 믿진 않지만 한번 믿으면 전적으로 모든 것을 맡기는 그런 사람이었으니까요.

팔당대교를 건너기 전 인터체인지를 돌 때였어요. 당신이 새로 쓰려고 하는 소설에 대해서 말하기 시작했어요. 그것은 제목도 줄거리도 정해지지 않은 소설이었어요. 솔직히 나로서는 잘 와 닿지 않았어요. 이런저런 얘기를 했지만 알맹이만 추려보면 주인공이 여자라는 사실 이외에는 모든 것이 흐릿했어요. 구상 단계에서는 원래 모든 것이 안개처럼 모호한 법이라고 당신은 변명하더군요. 그러다가 문득 웃으며 제안했어요. 모델이 되지 않겠느냐고요. "모델이요?" 하고 내가 반문하자, "네, 소설 모델이오"라고 했죠. 그림의 모델이 있다는 얘기는 들었어도 소설의 모델이 있다는 얘기는 처음이라고 했더니 당신은 소설 또한 얼마든지 모델이 가능하다고 반박하더군요.

문득 지나간 시간들이 파노라마처럼 눈앞을 스쳐 지나갔어요. 나와 남편과 당신 그렇게 셋이서 함께 어울리던 교외의 찻집과 늦은 밤의 산책로 그리고 불쑥 초인종을 누르곤 하던 당신의 느닷없는 출현까지 말이에요. 내게 뜻밖의 설렘과 들뜬 기분을 안겨주던 그 시간들이 당신에게는 손쉽게 모델을 구하기 위한 방편에 불과했겠구나 하는 생각에 가벼운 배신감마저 느껴지더군요.

한동안 말없이 앉아 있었죠. 팔당대교를 빠져나와 양평 방향으로 접어들 때 내가 물었어요.

"주인공은 어떤 여자죠?"

도로의 합류 지점에서 끼어들기 위해 깜박이를 켠 뒤 당신은 대답했습니다.

"어리석은 여자예요."

"어리석은?"

"그래요. 남편의 가까운 친구와 사랑에 빠지니 어리석을 수밖에요."

그 순간 얼굴이 화끈거렸어요. 사춘기 시절 몰래 읽었던 불량소설의 한 페이지가 어른거렸나 봐요. 부끄러움과 함께 곧 소설의 다음 페이지를 넘기고 싶은 참을 수 없는 욕구를 느꼈답니다. 다소 성급하게 나는 물었어요.

"그래서 어떻게 되나요?"

"그건……."

당신은 우물쭈물하더군요.

"아직 진행이 되지 않았어요. 이제 시작이니까."

나는 약간 혼란을 느꼈습니다. 혼란은 그 정체가 불분명할 때 도리어 더 강한 흡인력이 될 수도 있는 법이지요. 그래서 당신이 다시 한번 "어때요, 한번 해보시겠어요?" 하고 물었을 때 부정할 수가 없었던 거예요. 물론 나는 아무런 대답도 하지 않았어요. 그런 나의 무응답을 당신은 긍정의 뜻으로 받아들였지요.

"단 명심해야 할 점이 있어요."

당신이 주의사항을 전달해주더군요.

"어디까지나 현실을 잊어서는 안 돼요. 예컨대 이제 곧 당신은 사랑에 빠진 여자가 되는 거예요. 그것도 아주 부조리한 사랑에 말이에요. 그것은 어디까지나 소설 속 인물의 역할일 뿐이에요. 당신 자신의 현실을 잊어서는 안 돼요."

"왜 그래야 하죠?"

"허구는 허구에 불과하니까요."

당신이 구상하고 있다는 소설은 그렇게 해서 당신과 나 사이로 흘러들었답니다.

## 3. TO. 9th-solitude

처음엔 그냥 아득했어요. 이제 막 익숙한 세계에서 한 발을 떼기 시작했는데 자신이 디뎌야 할 곳이 어딘지 모를 때 느껴지는 현기증이라고 해야 할까요?

별일은 아니었어요.

햇볕이 내리쬐는 들판에서 입맞춤을 한 것뿐이었는걸요.

고작 단 한 번의 입맞춤인데 온몸에 전율이 일었어요. 하지만 그 전율이 무엇 때문인지 알 수가 없었어요. 기대감인지 혹은 상실감인지, 도약인지 혹은 추락인지 말이에요. 한 꺼풀 벗어던졌다는 생각이 드는가 하면 그와 반대로 뭔가에 지고 말았다는 생각이 들기도 했어요.

돌아오는 길이었어요. 차창에 머리를 기댄 채 흐르는 강물을 바라보았어요. 강물은 참 하염없이 흐르더군요. 고개를 돌려 당신 얼굴을 바라보았지요. 당신은 운전대에 손을 올려놓은 채 말없이 앞만 보고 있었어요. 별다른 표정의 변화도 없이 말이에요. 참 이상했어요. 내 안은 이토록 들끓고 있는데 당신은 어찌 그리 태연할 수 있는지가 말이에요. 그때 당신이 했던 말이 떠올랐습니다.

'그렇지. 감상에 빠질 이유가 없어. 이것은 소설 속의 상황이니까.'

그렇게 생각하자 가슴 저 밑바닥에서 어떤 낯선 기운이 느껴졌습니다. 그 낯선 기운이 스멀스멀 기어 올라와 온몸으로 뻗어나가는 걸 느낄 수 있었습니다. 그래요. 나는 더 이상 자로 잰 듯 명확한 세계에 살고 있는 세무사의 아내가 아니었어요. 나는 소설의 주인공이었어요. 현실보다 더 진실한 허구의 세계 속에 살고 있는 소설의 주인공이었어요. 사방이 탁 트인 들판에서의 입맞춤이란 허구의 세계에 대한 첫 인사였던 셈이죠.

그날이 당신과의 첫날이었어요.

4. TO. 9th-solitude

모든 것이 어설펐어요. 또 두렵기도 했고요. 그러나 내가 주저하거나 흔들릴 때마다 당신은 늘 이것은 하나의 역할일 뿐이라는 사실을 강조하곤 했어요. 내가 디디고 있는 현실은 전혀 달라질 게 없다면서요.

당신은 대개 아파트 뒤쪽 주차장에서 전화를 걸었습니다. 오전 열 시. 위층 아파트에서 세탁기와 청소기가 맹렬히 돌아가는 시각, 말하자면 일상의 세계가 활기차게 돌아가기 시작하는 시각입니다. 그 시각에 나는 아파트 현관문을 잠그고 나와요. 현실의 문을 단단히 틀어

막고 그때부터 소설의 주인공이 되는 거예요. 나는 당신이 기다리는 주차장 쪽으로 사뿐사뿐 걸어갑니다. 나는 문득 이렇게 말하고 싶은 충동을 느껴요.

'당신들은 아직도 현실을 믿고 있나요? 현실이 있는 그대로의 우리 모습을 보여주고 있다고 그렇게 믿나요?'

아파트 단지는 쥐 죽은 듯이 고요할 뿐이에요. 내장이 다 드러난 것처럼 보기 흉한 아파트 후면을 바라보며 잠시 서 있어요. 나는 속으로 생각하지요. 허구의 세계가 단지 현실의 그림자에 불과한 것은 아니라고 말이에요. 현실 너머의 진실이 그 안에 담겨 있다고 말이에요. 그러다가 차에 올라타면 당신의 소설은 본격적으로 전개되는 것입니다.

당신의 소설 속에서 여자는 세무사의 아내입니다. 그녀는 남편이 안겨다 준 부와 안정적인 생활의 질서 속에서 남부러울 것이 없는 생활을 하지요. 그녀는 남편이 거래하는 고객 가운데 한 사람을 알게 됩니다. 그는 소설가이지요. 그녀는 그의 소설을 읽어본 적이 있습니다. 인간의 부조리한 감정을 다룬 소설이었어요. 어느 날 그녀는 그와 함께 드라이브를 하게 됩니다. 남한강과 북한강이 합쳐지는 두물머리. 그곳에서 그녀는 사랑에 빠지게 되지요. 남편의 고객이자 친구인 소설가에게 말입니다. 그 사랑은 누구에게도 축복받지 못할 사랑이지요. 그렇기 때문에 더욱 매달리게 되는 사랑이기도 하고요. 늘 불안하고 늘 의심하고 늘 돌아설 준비를 하는 그런 사랑입니다. 대여섯 시간을 당신과 함께 보낸 뒤 돌아와 주차장에서 내릴 때쯤이면 그 사랑은 끝이 납니다. 당신의 소설이 끝나는 시간이기도 하지요. 당신과 헤어지고 난 뒤에도 소설 속의 그 여자는 내 마음에 계속 머뭅니다. 쌀을 씻다가도, 전화벨 소리에도, 현관문이 닫히는 딸깍 소리에도 그 여자는 깨어나요. 여기가 어딘가 하고 주변을 낯선 시선으로 두리번거려요.

## 5. TO. 9th-solitude

작가는 어떤 사람인가요? 자기 안에 여러 개의 인격을 감추고 있는 사람인가요? 아니면 필요하면 악마에게라도 서슴지 않고 자신의 영혼을 내주는 그런 사람인가요? 당신이 남편의 친구로서 또 당신이 만들어놓은 소설 속 여자의 연인으로서 각각의 역할을 완벽하게 해낼 때마다 나는 어쩔 수 없이 당신의 직업을 의식하곤 했답니다.

어떤 날 당신은 하루 종일 그 여자와 함께 외곽 모텔에서 뒹굴다가 이른 저녁에 헤어집니다. 그리고 당신은 곧바로 남편을 만나 저녁 식사를 합니다. 반주까지 곁들여 기분이 좋아진 당신과 남편은 어깨동무를 하고 집으로 들어오지요. 그러고는 포도주를 꺼내어 셋이서 한 잔 더 마시지요.

또 어떤 날은 하루 종일 연락도 없다가 남편과 저녁 식사를 하고 있을 때 불쑥 찾아오지요. 그러고는 건성으로 식사를 마친 남편을 데리고 나갑니다. 그럴 때 당신은 영락없이 남편의 둘도 없는 친구였습니다.

한번은 저녁을 짓고 있는데 당신이 불쑥 나타난 적도 있습니다. 평소에는 거래처와의 만남 등으로 늦게 오던 남편이 그날따라 일찍 들어온다던 날이었습니다. 전화벨 소리가 울리더니 현관 앞에서 당신 목소리가 들렸습니다. 초인종을 누르는 대신에 현관 앞에서 전화를 한 것입니다. 당신의 전화를 받은 나는 당황합니다. 왜냐하면 남편 없이 당신을 만날 때 나는 소설 속의 그 여자가 되어야 하니까요. 나는 황급히 소설 속의 여자로 탈바꿈을 해요. 앞치마를 두르고 손에 김칫국을 묻힌 채 두 눈 가득 불가능한 사랑의 갈망을 담습니다. 당신은 안으로 들어오자마자 그 여자를 부엌의 한 귀퉁이로 몰고 갔습니다. 그러고는 사랑을 나누었지요. 가스레인지 위의 찌개 끓는 소리를 들으면서요. 곧 남편이 들이닥칠 텐데도 당신은 현관 앞에서 뭉그적거립니다. 나가는 시간을 한없이 늦추려고요. 그러고는 절묘하게도 남편이 들어오기 바로 전에 가버립니다.

그날 당신이 나간 뒤 10분 후쯤 들어온 남편은 식사를 하다가 불쑥 말했어요.

"작가 선생 말이야. 요샌 왜 뜸하지?"

"글쎄, 작품을 쓰는 중인가? 그런데 왜요?"

남편은 잠시 눈동자를 굴리며 생각에 잠기는 눈치였어요. 남편의 눈동자가 허공을 한 바퀴 휘이 돌 때 그 모습은 마치 당신과 그 여자가 조금 전 사랑을 나누던 그 자리, 가기 싫다고 떼를 쓰듯 당신이 잠시 앉았던 소파 그리고 서 있던 현관까지 샅샅이 훑어 내리는 것처럼 보였어요. 그러나 남편의 얼굴은 곧 전과 같은 표정으로 돌아왔어요.

"그 친구랑 얘기하면 뭐랄까, 사는 재미가 느껴지잖아. 당신도 좋아하지?"

남편은 심드렁하게 물었습니다만 나는 그 말에 뜨끔해졌어요. 애써 태연한 척 나는 되묻습니다.

"내가요?"

"응."

"그렇게 보였어요?"

"그래."

"어디가요?"

"같이 있을 때 당신 눈이 말해주던데, 뭐."

그날 밤 남편은 결국 당신을 불러내더군요. 어쩐지 남편이 나나 당신을 관찰하고 있다는 생각이 들었습니다. 남편의 눈에서 꿰뚫는 듯한 시선을 느꼈어요. 당신은 도리어 더 자신만만하게 나오더군요. 당신은 식탁에 앉아 있다가 갑자기 일어섰죠. 주방의 찬장 앞으로 성큼 다가가더니 문을 열고 포도주를 꺼냈어요. 당신과 내가 전에 마시다 남겨둔 그 포도주를 말이에요. 그러고는 남편을 향해 말했어요.

"자! 한잔하지."

나는 여간 가슴을 졸인 게 아니어요. 가슴이 불규칙하게 뛰는 소리가 낱낱이 느껴지더군요. 물론 속으론 그다지 걱정할 필요가 없다고 애써 자위했죠. 당신을 사랑하고 있는 여자는 내가 아니니까요. 그 여자는 어디까지나 당신 소설의 주인공일 테니까요.

"하하, 어지간히 술이 고팠나 보군."

곧이어 웃음소리와 함께 남편이 이렇게 말하는 소리가 들렸어요. 그 웃음소리가 남편의 진정이었을까요? 그건 나도 모르겠어요. 숫자 하나에도 꼼꼼하고 예의범절도 깍듯한 남편은 당신이 이따금 보여주는 파격적인 행동을 유쾌하게 여겼던 것인지도 모르겠어요.

"다음부턴 포도주를 더 깊숙이 숨겨둬야겠어. 작가 선생이 찾지 못하게 말이야."

나는 당신을 바라보았어요. 당신은 태연했어요. 스스럼없이 포도주를 꺼내올 정도로 흉허물 없는 친구의 모습 그대로였어요. 거기에는 어떠한 미심쩍은 기미도 없었습니다. 곧 남편과 당신이 서로의 잔에 술을 따르더니 기분 좋게 잔을 부딪치는 소리가 들려왔습니다.

잔 부딪치는 소리가 아득히 멀리 느껴졌어요. 위기가 막 지나간 거예요. 당신과 내가 공모한 비밀이, 그 우스꽝스러운 놀이가 탄로 날지도 모르는 위기가 지나간 거예요. 당연히 기뻐해야 하는데도 불구하고 전혀 기쁘지 않았어요.

불과 두 시간 전, 열렬히 사랑에 빠져 있던 남자는 누구였던가요? 나는 오랫동안 골똘히 그 생각에 잠겼습니다. 그 남자는 여기에 없었던 것입니다. 자신이 쓰고 있던 가면을 벗어던지고 어디론가 가버린 거예요.

물론 당신과의 약속을 나는 기억해요. 소설 속의 역할이 끝나면 언제든지 자기 자신으로 돌아와야 한다고요. 그래요. 당신은 자신의 역할에 충실했을 뿐인 거예요. 그 사실을 알면서도 가슴 한쪽이 팬 듯 아려왔어요.

## 6. TO. 9th-solitude

어디서부터 현실이고 어디까지가 소설의 세계인가요? 아니 어디까지가 현실이고 어디서부터가 소설인가요? 소설 속의 여자는 내가 깨어 있을 때면 언제나 나를 따라다녀요. 멍하니 있을 때나 정신을 차리고 있을 때나 마찬가지로 말이에요. 슈퍼에 갈 때나 남편과 부부 동반 모임을 나갈 때, 또 친지들과 함께 모여 있을 때도 그 여자는 내 안에 도사리고 있어요. 그 여자 때문에 나는 늘 반쯤은 넋이 나간 상태가 되고 말죠.

내가 그 여자인가요? 그 여자가 나인가요? 나는 분별력이 점점 더 엉망이 되어가고 있다는 걸 느꼈어요. 처음 당신의 제안을 받아들였을 때만 해도 내게는 어떤 열망이 있었어요. 이를테면 나 자신이나 혹은 인간에 대해 알고 싶다는 열망 말이에요. 적어도 소설 속에서라면 어떠한 가식도 없이 진실한 모습이 나타나리라고 여겼어요.

하지만 소설 속의 여자에게 빠져들면 들수록 삶은 더 큰 혼란에 빠지고 말아요. 그것은 마치 마주 보는 두 개의 거울 사이에 있는 것만 같아요. 앞 거울은 얼굴의 정면을 비춰주지요. 동시에 맞은편 거울에 담긴 뒤통수를 비춰주기도 합니다. 앞 거울에 비친 맞은편 거울은 얼굴의 정면을 담고 있는 앞 거울을 비춰주기도 합니다. 앞 거울에 비친 맞은편 거울 속 앞 거울은 다시 맞은편 거울을, 그 맞은편 거울은 다시 앞 거울을, 이렇게 마주 보는 두 개의 거울은 끝없이 서로를 되비쳐주는 것이지요. 거울 속 얼굴이 하나의 소실점으로 사라질 때까지 말이에요.

소설 속의 그 여자는 이제 알고 싶어 해요. 당신이 진심으로 자신을 사랑하는 것인지 아니면 단지 소설을 쓰기 위한 도구로 삼으려는 것인지 말이에요. 그래서 그 여자는 어느 날 당신을 붙들고 물어요.

"진실을 알고 싶어요."

"진실이오?"

"네. 당신의 본마음이오. 나를 진심으로 사랑하나요? 아니면 단지 연인이라는 자신의 역할을 수행하고 있는 건가요?"

"후우—."

당신은 길게 한숨을 내쉬더군요. 그러고는 이렇게 말했어요.

"애초의 약속을 잊었소?"

"네?"

"당신은 소설 속의 여자일 뿐이오. 어쩌다 남편의 친구를 사랑하게 되는 그런 여자 말이오. 물론 당신에게도 선택의 자유는 있어요. 남편 친구와의 위험한 사랑에 계속 몰두하든가, 아니면 가정으로 돌아가든가 둘 중에 하나를 선택할 자유 말이오. 그건 전적으로 당신의 자유요. 하지만 당신에게 진실을 물을 권리는 없어요."

"그건 왜죠?"

"어디까지나 소설이기 때문이오. 설령 당신이 진실을 안다 한들 그 또한 당신에게 도움이 되지 않을 거요. 왜냐하면 소설 속에서 통용되는 진실은 일반적으로 우리가 말하는 진실과는 다르기 때문이오. 이 자리를 떠나는 순간 그것은 아무런 의미도 갖지 못할 거요."

그 여자는 당신의 말을 이해하기 어려웠어요. 왜냐하면 사랑에 빠진 여자에게 논리는 아무런 의미도 갖지 못하기 때문이에요. 여자에게 필요한 대답은 사랑하느냐, 사랑하지 않느냐 하는 것뿐이었어요. 그래서 여자는 다시 물었어요.

"좀 더 쉽게 설명해줄 수 없어요?"

"당신은 소설이 진실을 말한다고 생각해요?"

"그렇지 않은가요?"

여자는 약간은 자신 없는 투로 되물었어요.

"아니요. 소설은 그냥 인간을 보여줄 뿐이오. 무엇이 진실인지 판단하는 것은 독자의 몫이오."

그 여자는 여전히 알고 싶었어요. 당신이 어디까지 자신을 사랑하는지, 또 그 사랑은 두 사람에게 주어진 한계를 얼마만큼 뛰어넘을 수 있는지 말이에요. 그 여자는 마치 그 속에 답이 있다는 듯이 당신의 두 눈을 뚫어져라 바라보았어요. 당신이 물었어요.

"아직도 당신은 진실을 알고 싶소?"

"네."

"그렇다면 묻지 말고 행동해요. 바깥세상이 당신에게 맡긴 역할 따위는 벗어던지고 당신 내면에서 우러나오는 행동을 하란 말이오."

당신은 화가 난 듯이 이렇게 말했습니다.

## 7. TO. 9th-solitude

당신이 한 말은 내게 한 말 같기도 하고 소설 속의 여자에게 하는 말 같기도 했어요. 하긴 어느 쪽이어도 상관없었어요. 나나 소설 속의 여자나 이제는 거의 한통속이 되어 있었으니까요.

나는 혼자서 오랫동안 생각해보았어요. 당신이 말한 내면에서 우러나온 행동이 무엇인지 말이에요. 그것은 자신의 본성을 따르는 행동을 말하는 것일까? 아니면 삶이 부여한 의무로부터 자유로운 행동을 말하는 것일까? 그 답을 찾기가 쉽지 않았어요. 아니 무엇보다도 나 자신이 진정으로 무엇을 원하는지 알 수가 없었어요.

그러는 중에도 서로 다른 두 여자가 내 안에 머물러 있다가 제멋대로 불쑥불쑥 튀어나왔답니다. 당신 앞에서는 현실의 '나'라는 여자가 튀어나와 남편과 가정을 걱정했고 또 남편 앞에서는 소설 속의 '그 여자'가 튀어나와 당신을 그리워했어요. 나와 그 여자는 타협할 줄도 모른 채 서로 으르렁대곤 했죠.

"다 관둡시다."

어느 날 당신은 화가 나서 이렇게 소리쳤습니다. 당신 앞에 있는 소설 속의 여자가 반쯤 넋이 나가서 멍하니 앉아 있었기 때문이에요. 멍하니, 그래요, 멍하니 말이에요. 그 여자는 지쳐 있었던 거예요. 그 여자는 내면에서 우러나오는 행동을 하기 위해 우선 내면에 대한 생각부터 하기 시작했어요. 그런데 이상한 일이었어요. 내면에 대해 생각하기 시작하자 더 이상 아무 행동도 할 수가 없었어요. 사랑한다고 달콤하게 속삭이던 일도, 온몸으로 뜨겁게 사랑을 나누던 일도 내면에 대한 생각이 다 집어삼키고 만 거예요.

그런데도 당신은 계속 소설 얘기만 하고 있었죠. 그 여자는 불안했어요. 불안은 영혼을 잠식한다고 했던가요? 그 여자는 자신에게 영혼이 있다는 생각을 하지는 않았지만 끝없이 이어지는 불안 속에서 신경이 파르르 떨리는 것만은 견딜 수가 없었어요. 그 여자는 자신의 숙명을 분명히 깨달았어요. 처음부터 당신이 소설 속의 여자에게 부여한 숙명 말이에요. 그 여자는 이제 그만 불합리한 그 사랑의 세계에서 빠져나오고 싶었어요. 그래서 당신이 소리쳤을 때 그 여자 또한 소리쳤던 것입니다.

"그래요. 관둬요."

## 8. TO. 9th-solitude

잊어버리자. 그렇게 생각했어요. 소설 속 여자 따위는 잊어버리자고요. 그런 역할이 아니더라도 할 일은 많이 있었으니까요. 우선 아이를 가져야겠다고 생각했어요. 결혼한 지 8년이 지났지만 지금껏 아이가 없었던 까닭은 남편이 아이 낳기를 원하지 않았기 때문이에요. 사실 나도 아이가 꼭 있어야 한다고 생각하진 않았죠. 그러나 이젠 달라졌어요. 아이가 있다면 삶이 달라지리라는 생각이 들어요. 잘만 설득하면 남편 또한 하나 정도는 낳는 데 동의할지도 몰라요. 30대 중반의 내 나이가 조금 늦기는 했어도 아주 늦은 건 아니니까요. 그다음엔 무얼 할까요? 평생교육원 같은 데에 나가서 강좌를 들어보는 거예요. 공인중개사 시험에 도전해보든지요. 아니면 고등학교 동창 말대로 우울할 때마다 집 안의 커튼이나 소파 같은 가구들을 바꾸어볼까요?

이런저런 생각들을 하다 보니 정말 소설 같은 것은 까맣게 잊혀지더군요. 남편 말대로 소설이란 한낱 감정의 사치 속에 인생을 낭비하는 자들이 만들어낸 것인지도 모르겠어요. 오랜만에 구석구석 집 안 청소를 하고, 묵은 쓰레기를 내놓고, 문화센터나 평생교육원에 강좌를 알아보는 동안 며칠이 후딱 지나가 버렸어요. 그 며칠 동안 세상이 어찌나 바삐 돌아가던지요. 소설 속의 여자에게 빠져 있는 동안 내 삶은 멈춰 있었던 거예요. 그동안 세상 사람들은 저만큼 가고 있었고요.

당신에게 걸려오는 전화도 받지 않았어요. 처음 몇 번은 집안일을 하다가 벨 소리를 못 들었지요. 그러다가 나중에는 당신의 전화인 줄 알면서도 그냥 받지 않았어요. 아주 자연스럽고 편안했어요. 예전에 전화벨 소리만 들어도 파르르 떨려오던 기억이 나더군요. 그때는 소설 속의 그 여자가 내 안에서 당장이라도 뛰쳐나올 것만 같았어요. 그랬는데, 아, 이젠 그 기억도 아련히 멀게만 느껴졌어요.

당신이 내게 메일을 보냈다는 것도 모르고 지냈지요. 당신의 메일은 한동안 스팸 메일함에 처박혀 있었어요. 그러다가 우연히 정말 우연히 당신 전화를 받았던 거예요.

"나요."

목소리란 참 이상한 것이더군요. 당신의 얼굴은 거의 지워졌는데도 멀리서 들려오는 것 같은 저음의 목소리를 듣자 예전의 친밀감이 단번에 되살아났어요. 아주 잠깐 눈물이 날 것 같기도 했어요.

"진실을 알고 싶다고 했소? 메일을 열어봐요. 아이디는 9th-solitude요."

발음을 알아듣지 못해서 나는 다시 한 번 불러달라고 했어요. 그러자 당신은 스펠링을 하나씩 불러줬죠. 9-t-h-s-o-l-i-t-u-d-e 하고요. 그러나 당신의 전화를 받고 나서도 나는 한동안 메일을 열어보지 않았어요. 모든 것은 때가 있는 것이니까요. 아무리 알고 싶은 진실이라도 적절한 때를 놓치면 그것은 값어치를 잃는 법이니까요.

그러다가 어느 날 문득 당신 소설 생각이 났어요. 한번 떠오르기 시작하자 생각은 빠르게 미끄러져 내려가더군요. 당신 소설에서 세 사람의 운명은 어떻게 될까? 그 여자는 가정을 떠나게 될까? 남편의 친구는 용기를 발휘할 수 있을까? 남편은 끝내 홀로 남게 되는 것일까? 갑자기 이 모든 것이 견딜 수 없이 궁금해져서 당신의 메일을 열어보았어요.

당신이 보낸 아홉 통의 첨부파일, 그 안에는 아홉 여자의 내력이 담긴 소설들이 있었어요. 당신이 창조해낸 나이와 직업과 성격이 다른 여자들, 그럼에도 한결같이 현실 너머의 세계를 꿈꾸는 여자들 말이에요. 가출한 여고생, 멀리 그리스의 크레타 섬 기슭에 이르러서야 살아 있음을 느끼는 여성 시인, 알코올만이 유일한 위안이 되어주는 미망인, 매일 네 시간을 사우나에서 보내는 60대의 전직 여교사……. 그녀들은 현실에 만족하지 못하고 무엇인가를 찾아 나섰어요. 자유를, 아름다움을, 도취를, 위안을 말이에요. 그것들은 결국 사랑과 맞바꿔졌지요. 소설 속의 여자들은 당신이 만들어낸 세계에서 현실에서는 얻을 수 없었던 사랑이라는 최상의 기쁨을 누렸죠. 그러나 진실을 묻는 순간 그녀들은 사라지고 말더군요. 당신의 소설 속에서 말이에요.

마지막으로 세무사의 아내가 있어요. 현실을 지배하는 숫자들의 세계에 넌더리가 난 여자 말이에요. 아홉 명의 여자들 가운데 그녀만이 아직도 어떤 결단을 내리지 못하고 있었어요. 당신의 소설 속에서 말이에요.

9. TO. 9th-solitude

그날의 정경이 지금도 생생하게 떠올라요. 공휴일이었고 비가 많이 내리고 있었어요. 곧 다가올 장마를 알려주는 그런 비였어요. 세차게 퍼부어 대다가 고즈넉하게 흩뿌리기 시작한 빗줄기는 밤새 내릴 것만 같았어요. 당신이 현관 벨을 울린 것은 밤 열한시가 넘은 시간이었어요.

벨이 울리자 남편 얼굴이 한순간 심하게 일그러지는 것이 느껴졌어요. 그러나 남편은 곧 평소 얼굴로 돌아왔어요. 마치 회계장부 안에 빽빽하게 채워진 숫자를 바라볼 때처럼 냉정한 표정으로 말이에요.

당신 또한 식탁에 남편이 앉아 있는 것을 보는 순간 움찔 놀라더군요. 짧은 순간 당신의 얼굴 위로 갖가지 표정이 스쳐 지나가는 것을 보았어요. 곧 당신은 남편의 맞은편에 털썩 주저앉았어요. 벽면을 마주한 채로 당신 옆에 내가 앉아 있었으니 세 사람은 삼각형의 구도로 앉은 셈이었어요.

"술 좀 마실까?"

남편이 이렇게 말하자 당신은 고개를 끄덕였어요. 남편은 자리에서 일어나더니 찬장 안쪽 깊숙한 곳에서 위스키 한 병을 들고 나왔어요. 그러고는 아무 말 없이 위스키를 따르기 시작한 거예요. 세 개의 스트레이트 잔에 말이에요.

세 사람은 술을 마시기 시작했어요. 차라리 주먹질을 하고 몸싸움을 했으면 마음이 편했을까요? 마음속엔 적의로 가득 차 있을 것이 분명한데 말없이 술잔만 기울이는 그 침묵이 섬뜩한 생각마저 들게 하더군요. 뭐랄까, 앉아 있는 세 사람 모두 교활하다 할까요? 막판까지 게임에 지지 않으려고 표정을 감추는 도박꾼 같다는 생각이 들었어요.

이윽고 남편이 당신에게 말하더군요.

"결말을 알고 싶군."

남편 말에 당신이 고개를 들었어요.

"아홉 번째 소설 말일세."

남편은 설핏 득의의 미소를 지으며 말했지요. 그제야 나는 이 자리가 어떻게 만들어졌는지 깨달았어요. 남편은 당신이 보낸 메일과 첨부파일을 이미 읽었던 거예요. 그뿐만 아니라 당신과 나 사이에 있었던 일들도 다 눈치채고 말았던 거예요. 온몸의 피가 싸늘하게 식어가는 느낌이 들더군요. 올 것이 오고야 말았다는 자포자기와도 같은 심정이었어요. 그런 심정으로 당신을 바라보았지요. 당신의 눈에서도 짧은 순간 어떤 빛이 번득였다가는 서서히 침몰해가고 있었어요. 남편이 다시 말했어요.

"어서 말해보게."

당신은 한동안 침묵을 지키고 있었어요. 빗줄기가 다시 굵어졌는지 유리창을 세차게 두드리는 빗소리만 커다랗게 들려왔어요. 한참 만에 당신이 물었어요.

"자넨 소설가가 어떤 사람이라고 생각하나?"

"감정의 낭비자들이지. 행복이라든가 불행이라든가, 뭐 이런 것들을 한없이 부풀려서 독자를 들뜨게 만드는 사람들 말이야."

"그럴지도 모르지. 현대사회는 인간의 감정에 인색한 편이니 우리 소설가라도 감정의 낭비를 보여줄 수밖에."

"그래서 친구의 아내를 유혹했나?"

남편의 목소리에는 노골적인 조롱이 묻어 있었어요. 당신은 개의치 않고 이어서 말했지요.

"나는 소설이 허구의 법칙 위에 서 있다고 믿어왔어. 허구의 법칙이란 현실의 논리와는 전혀 다른 논리로 만들어진다고 본 거야. 그러니 현실과 거리를 두면 둘수록 더 좋은 소설이 만들어진다고 말할 수 있지."

"그런데?"

"그러면서 동시에 난 허구 세계에 대해 회의를 하고 있었네. 허구의 세계에 충실하면 할수록 나 자신의 진실이랄까, 이런 것으로부터 멀어진다는 생각이 들기 시작했단 말일세."

당신은 잠시 숨을 고른 뒤 다시 말하기 시작했어요.

"예를 들면 말일세. 한 여자가 있네. 그녀는 소설가와 계약을 맺지. 그가 쓰는 소설의 모델이 되어주기로 말이야. 모델이 뭐라 생각하나? 아름다움이든 뭐든 실체를 드러내기 위한 수단에 지나지 않는 거야. 소설가가 자신의 소설만을 생각하고 있을 때 이 여자는 한낱 재료에 불과할 뿐이었고 그렇기 때문에 소설가는 마음껏 자신의 감정을 발산할 수 있었다네. 그에게는 익숙한 일이었지. 그런데 말이야. 어느 순간 소설가는 그 여자를 진짜로 사랑하게 되었다네. 자신의 내면에서 솟구치는 진지한 열정을 느끼게 되었단 말일세. 어찌해야 할까? 그녀와의 사랑을 밀고 나가는 순간, 그는 자신의 소설을 포기해야 할지도 몰라. 허구는 현실과 밀착되는 순간 파탄이 나게 되어 있으니까 말일세. 그렇다고 그녀에 대한 사랑을 포기할 수도 없었다네. 왜냐하면, 왜냐면 말이지, 이제야 비로소 자신의 소설이 그렇고 그런 이야기 나부랭이가 아니라 뭔가 그럴듯한 생명을 가진 생명체처럼 느껴지기 시작했으니까."

"내 귀에는 자네의 말이 말장난으로 들리네. 소설이란 게 한낱 말장난에 불과한 것이지만 말일세."

"말장난이라고? 차라리 그랬으면 좋겠네. 말장난이라면 그토록 상심하지는 않았을 텐데. 어느 날 그녀는 묻더군. 자신을 진심으로 사랑하느냐고 말이야."

"기다리던 질문이었겠군."

"혹시 알고 있나? 사랑에 빠진 여자들은 그렇게 묻지 않는다네. 사랑을 거래로 생각하는 계산적인 여자들만이, 식어가는 열정의 책임을 상대에게 떠넘기려는 여자들만이 질문을 한다네. 진심이 어디 있느냐, 자신을 사랑하느냐 하면서 말이지."

"내가 보기에 깊이 빠져든 건 자네인 것 같네. 자신이 지어낸 거짓말 속에 깊이 빠져든 게지."

남편은 당신의 말을 냉정하게 잘랐습니다.

"그럴지도 모르지."

"나는 소설 따위엔 관심이 없어. 지금 이 자리에서 자네가 해야 할 일이 무엇인지 아나? 바로 자신이 시작한 어리석은 일의 매듭을 짓는 일이야."

남편이 단호한 태도로 말했지만 당신은 여전히 멍하고 슬퍼 보이는 표정을 짓고 있을 뿐이었어요.

"그런데 문제가 생겼다네."

한동안 허공에 머물렀던 허전한 눈빛을 거두고 빈 잔에 술을 따르면서 당신이 말했지요.

"그녀가 사라지고 말았다네. 허구의 세계를 견디지 못한 나머지 현실의 세계로 달아나 버리고 말았단 말이야."

"그래서?"

"난 그녀를 만나야 하네."

"만나서 어떡할 건가?"

"이젠 내가 물어봐야겠어. 아직도 진실을 알고 싶은지 말이야."

"흥, 그녀가 진실을 알고 싶어 한다고? 권태라면 모를까. 내가 알기로 그 여자는 따분한 것은 못 견디는 여자라네. 그 여자가 왜 소설을 읽는지 아나? 거기에는 온갖 극적인 사건들이 들끓고 있거든. 소설을 읽고 나면 그 여자는 정신이 맑아진다네. 자신의 욕망의 찌꺼기들을 책을 읽으면서 다 배설해버렸기 때문이지."

"그래도 나는 묻고 싶네."

그렇게 말하면서 당신은 나를 바라보았지요. 남편의 시선 또한 염탐하듯 내게 향하고 있었어요. 싸늘한 정적이 흐르고 있었지요. 빗소리가, 고즈넉이 가라앉은 빗소리가 들리더군요. 그 빗소리 위로 무엇인가 흐르는 것이 느껴졌어요. 찰박찰박…… 찰바닥…… 찰박…… 찰바닥…… 찰박찰박……. 빗소리가 가까워졌다가 다시 멀어지는 발소리처럼 가까워졌다가는 다시 멀어지곤 했지요. 나는 아무 말도 하지 않았어요.

"안됐군."

얼마간 시간이 흐른 뒤에 남편이 말했어요.

"자네의 아홉 번째 소설은 미완성이 될 모양이야."

남편의 목소리엔 노골적인 조소가 묻어 있었어요. 그 조소 뒤엔 어떤 감정이 숨어 있었을까요? 안도, 승리감 그런 것이었을까요? 남편은 그런 만족감마저도 잘라낼 수 있는 냉정한 사람이었죠. 남편은 당신에게 말했어요.

"떠나주게."

당신은 곧 자리에서 일어났고 비틀거리며 신발을 신었죠. 현관 앞에서 잠시 무슨 말을 할 듯 서 있었어요. 당신은 아무 말 없이 손잡이를 향해 손을 내밀었어요. 철커덩 현관문이 닫히는 소리가 났고 계단을 저벅이며 내려가는 소리가 들리더군요.

당신의 뒷모습은 후줄근해 보였어요. 마치 오래전부터 비를 맞고 있었던 것처럼 말이에요. 한쪽으로 기울어진 당신의 어깨를 보고 있노라니 이제야 알 것 같았어요. 당신은 현실에서는 아무것도 할 수 없는 사람, 질문은 던지지만 답은 할 수 없는 사람, 사랑을 시작하지만 그 사랑을 이룰 수는 없는 그런 사람이에요. 당신의 닉네임처럼 아홉 번째 고독이 밀려와도 현실의 이쪽 기슭에는 영원히 닿을 수 없는 사람. 그런 당신을 진심으로 사랑했다는 것을 나는 깨달았어요.

이따금, 이따금 말이에요. 그날 밤의 빗소리가 생각이 나요. 당신의 초라한 뒷모습을 삼키며 밤새 들려오던 빗소리 말이에요. 그 빗소리에 귀를 기울이다 보면 이 모든 일들이 현실의 이야기인지, 아니면 당신이 들려준 이야기인지 그날 밤 풍경처럼 흐릿해진답니다.

# 칠월의 풀밭

## 1. 사건의 시작

그날은 이혼 후 찾아온 심리적 고통에서 조금이나마 벗어나고자 반년 전부터 매주 수요일 저녁 시간에 들어왔던 심리치료 강좌의 마지막 수업이 끝난 날이었다. 독일식 이름을 내건 호프집에서 처음에는 열네 명이 긴 원탁에 둘러앉았고 열한시쯤 되자 그중 다섯 명이 먼저 자리에서 일어났으며 열두시쯤에는 여섯 명이 남았다. 절반 이상이 가버리고 난 뒤에야 대화라는 게 가능했는데 그마저도 정서적 장애라는 한정된 테마를 맴도는 것이었다. 모임을 주도했던 여자는 안경을 끼고 있었는데 딱딱하고 건조한 분위기를 풍기고 있었다.

"여기 있는 사람은 모두 장애인이로군요."

안경 낀 여자는 사람들이 자신의 농담에 웃어주길 기대한 듯했다. 그러나 두어 명만이 피식거렸을 뿐이었다. 그러자 그녀는 재빨리 표정을 진지하게 바꿨다. 코끝에 흘러내린 안경을 추켜올리며 여자는 덧붙였다.

"관계를 맺는 데 어려움을 느끼는 것을 가리켜 장애라고 여긴다면 말이죠."

"그렇담 이 세상 모든 사람이 다 장애인이겠죠."

누군가 이렇게 대꾸했는데 그는 쥐색 셔츠를 입고 있었다.

"제 견해로는 이런 강좌는 들으나 마나입니다. 신문사와 심리학 전공자들 돈벌이를 해주는 것 이외에는."

그 남자는 내 왼편에 앉아 있었다. 문장의 끝 부분에 힘을 주었기 때문에 남자의 말투는 단정적이고 독선적인 느낌을 주었다.

"왜 그렇게 생각하시죠?"

안경 낀 여자가 빠른 어조로 물었다. 여자는 그 남자가 자신의 의견을 묵살해버린 것이 불쾌한 듯한 표정을 지었다. 쥐색 셔츠 남자는 이야기를 계속했다.

"가령 어릴 때 어머니의 화간 장면을 목격했다 칩시다. 아이는 그 장면이 무엇을 뜻하는지 모르는 채 성장합니다. 어엿한 성인이 되어 여자를 만날 때마다 그 남자의 앞에는 무엇인가 검은 보자기 같은 장막이 드리워집니다. 그 장막이 무엇인지 안다고 해서 남자의 인생이 달라질까요?"

그의 격앙된 목소리에도 불구하고 사람들의 반응은 무덤덤했다. 그들은 심각한 이야기에 뛰어들고 싶지 않다는 표정을 짓고 있었다. 내 맞은편에 앉은 여자만이 진지한 표정으로 한시도 시선을 떼지 않고 있었는데 나 또한 순전히 내 맞은편에 있다는 이유로 그녀를 유심히 바라보았다.

그녀의 외모는 아름답다고 하는 것과는 거리가 있었다. 얼굴은 쌍꺼풀진 두 눈이 큰 데 비해 광대뼈가 튀어나온 뺨은 홀쭉했다. 그녀의 몸은 날씬하다기보다는 대체로 길었다. 목이 길었고 팔과 다리 또한 길었다. 양팔을 테이블 위에 올려놓은 채 상체를 앞으로 기울이고 있는 모습은 어린 시절 들판에서 뛰어놀다가 우연히 발견한 한 마리의 곤충을 연상시켰다. 그것은……, 사마귀였다.

그 여자는 잠시 후 화장실에라도 다녀오는 듯 자리를 떴다가 돌아와서는 내 옆자리, 그러니까 쥐색 셔츠의 오른편에 앉았다. 그 남자가 안경 낀 여자를 향해서 심리치료의 무익함을 강변하고 있을 때 사마귀를 닮은 여자는 내 귀에 대고 속삭였다.

"제 이름은 성하예요. 제가 여기에 온 이유는 한 가지예요."

말을 마치는 순간 그녀는 눈을 내리깔고 눈동자를 왼쪽으로 신속하게 굴렸다가 다시 내 쪽을 보았다.

"바로 특별한 남자를 건질 수 있다는 거죠."

그녀의 두 눈에 스쳐 지나간 짧은 순간의 깜박거림으로 나는 그녀가 말하는 특별한 남자가 쥐색 셔츠의 남자라는 사실을 알았다.

잠시 후 남자는 안경 낀 여자와의 대화가 무익하다는 것을 깨달았는지 오른쪽으로 고개를 돌렸고 옆자리에 앉아 있던 그녀와 눈이 마주치자 한순간 미소를 띠었다.

상체를 약간 오른쪽으로 틀면서 그녀가 말했다.

"기질이란 거 뭐 별건가요? 어떤 사람에겐 넘쳐서 문제가 되고 또 다른 사람에겐 모자라서 문제가 되는 거잖아요."

"문제는 넘치거나 모자라는 그것을 인위적으로 조절하기가 어렵다는 겁니다."

남자가 말했다.

"물론 그럴 거예요. 심리학에 관한 지루한 강의를 듣는다고 해결되는 게 아니죠."

그녀의 말에 쥐색 셔츠의 남자는 미소를 보였다.

"차라리 기질이 서로 다른 사람들끼리 만나서 부딪치는 게 백배 낫죠. 마치 새우젓에 안심은 안 어울리지만 삼겹살에는 잘 어울리는 것처럼 말이에요."

"그다지 좋은 비유는 아닌 듯한데요."

그렇게 말하는 쥐색 셔츠 남자의 두 눈에는 호의가 담겨 있었다. 그는 더 이상 반박할 마음이 없는 듯했다. 남자가 반박하기에는 그녀의 쌍꺼풀진 커다란 눈이 지나치게 반짝이고 있었다. 그녀의 기다란 팔 또한 아주 우아하게 아래턱을 받치고 있었다. 나는 초록 풀밭에서 앞발을 들고 있는 사마귀의 싱그러운 몸매를 떠올렸다.

"직장이 어디시지요?"

"안국동입니다."

"어머나 잘됐네요. 마침 제가 정독도서관에서 빌려온 책을 이번 주 토요일까지 반납해야 하는데요. 혹시 토요일에 바쁘세요?"

"뭐……."

"한가하단 뜻이군요."

"그렇다고 할 수도……. 설마 도서관에 같이 가잔 말은 아니겠죠?"

쉴 틈을 주지 않고 이어지는 그녀의 말에 남자는 압도당한 것을 보이지는 않았지만 서서히 빨려들어 가고 있었다.

"아뇨. 카페지요. 도서관 맞은편 아트센터 1층의 카페 주인이 최근 바뀌었대요. 유럽에 공부하러 갔다가 학위를 따는 대신 커피 전문가가 되어 돌아왔다는군요. 어때요? 오후 한시."

"토요일 오후 한시. 그러죠."

마침내 남자는 고개를 끄덕였다. 그리고 남자가 고개를 끄덕이는 것과 동시에 그녀는 내 쪽을 바라보았다.

"언니. 그렇게 불러도 돼요?"

"그럼요."

"언니도 나오실 거죠?"

"내가 왜……."

나는 순간 당황했다. 그러나 이어지는 그녀의 말은 명쾌했다.

"일종의 복습인 거죠. 심리치료 강좌를 같이 들은 사람들끼리 서로의 심리 변화 과정을 살펴보자는 거예요."

"그렇지만……."

"그냥 '응' 하고 대답하세요."

"응."

"봐요. 이쪽 언니도 나온다니까 친구분과 같이 오셔도 되겠네요."

그녀의 제안에 쥐색 셔츠 남자가 고개를 끄덕였다. 얼결에 나가겠다고 했지만 나의 태도는 여전히 엉거주춤했다. 달그락거리며 의자 빼는 소리가 들려왔다. 사람들이 자리에서 일어나기 시작했는데 나는 안경 낀 여자가 카운터 쪽으로 계산서를 들고 가면서 쥐색 셔츠 남자를 쏘아보고 있는 것을 느꼈다.

카운터 위의 벽시계는 막 한시를 가리키고 있었다.

## 2. 자두 빛 곰팡이

다음 날 저녁 나는 카페에서 성하를 기다리고 있었다. 약속했던 토요일이 이틀이나 남아 있었지만 불쑥 나오라고 전화를 걸어온 성하의 제안을 뿌리칠 수 없었다. 손님이 북적이기에는 조금 이른 시간이었다. 나는 부드러운 소파에 등을 기대고 팔걸이에 한쪽 팔을 올린 채 다른 쪽 손으로는 뻣뻣해진 목덜미를 만지작거렸다. 한껏 편안한 자세를 취했음에도 불구하고 또 먼저 시켜서 마시고 있는 캐러멜 마키아토 위에 얹어진 휘핑크림의 부드러운 맛에도 불구하고 목덜미의 경직은 풀리지 않았다. 바로 두개골 안쪽에서 아직도 해결되지 않은 문제들이 여전히 나를 괴롭히고 있었다.

해결되지 않은 문제들이란 3년의 결혼생활이 내게 남긴 감정의 찌꺼기들이었다. 무릇 모든 사건은 그림자를 남긴다. 이따금 마음속 어두운 그림자들이 되살아나서 활발히 움직이는 순간이 있는데 우리는 그 순간 지나간 사건을 다시 한 번 체험하게 된다. 그것은 때로 실제보다 더 끔찍하기조차 하다.

결혼생활 동안 가장 싫었던 것 세 가지를 들자면 안방과 거실 사이에 놓여 있던 불투명 유리문과 통화기록이 정확히 남는 휴대전화 그리고 잠자리 내내 나를 바라보고 있는 남편의 눈이었다. 남편은 나에 대해서 모든 것을 알고 싶어 했고 모든 시간을 공유하고 싶어 했다. 유리문과 남편의 시선, 나의 통화기록을 알려주는 휴대전화……. 나는 언제나 관찰당하는 느낌이 들었다.

그러고 보니 카페는 유리문과 유리벽으로 둘러싸여 있었다. 안에서의 움직임이 낱낱이 바깥으로 노출되는 공간이었다. 여기에서는 사람들이 내게 특별한 관심을 가질 만한 여유가 있을 것 같지는 않았다. 그들은 주로 20대의 젊은이들이었기 때문이다.

입구 쪽에서 들려오는 종소리에 나는 깨어났다. 고개를 든 순간 맞은편 유리창으로 문을 밀치고 들어오는 성하의 모습이 보였다.

"사대문 안의 도로를 다 봉쇄해야 해요."

성하는 씩씩거리며 자리에 앉으면서 말했다. 성하는 보라색 비즈 장식이 수놓아진 민소매의 초록 니트를 입고 있었다.

"세상에 막혀도 이렇게 막힐 수가 있나."

"지하철을 타지 그랬어?"

"거긴 볼거리가 없잖아요. 하긴 택시 안이라고 더 나을 것도 없지만."

성하는 잠시 말을 멈추고는 고개를 좌우로 돌려 카페를 둘러보았다.

"저쪽을 보세요."

내가 앉은 자리는 유리벽 쪽을 향하고 있었다. 성하의 말을 듣고 나서야 나는 상체를 틀어 카페 안을 둘러보았다. 성하가 눈짓으로 가리키고 있는 테이블에는 스무 살 안팎으로 보이는 한 쌍의 남녀가 고개를 맞대고 가운데 놓인 파르페 잔, 조각난 프루츠와 기다란 초코 과자와 아이스크림과 그 위에 살짝 뿌린 초코 시럽 속에 깊이 박혀 있는 스트로를 빨고 있었다. 그들의 머리는 완전히 맞닿아 있어 그 사이로 아무것도, 얇은 종이 한 장조차도 끼어들 수 없을 것만 같았다. 그 모습은 얼핏 샴쌍둥이를 연상시켰다.

"저런 풍경 보면 무슨 생각 드세요?"

"글쎄."

"저렇게 붙어 있는 모습을 보면 곧 끝장날 관계의 운명이 떠올라요."

"잔인하군."

"아뇨. 사랑의 완성은 이별에 있다고 생각하니까요. 이별만이 사랑을 사랑답게 해주죠."

"이상한 궤변인데?"

"이별이 없는 사랑은 뭔지 아세요?"

나는 성하를 낯설게 바라보았다. 저런 생각을 아직도 하고 있다니. 만남이든, 이별이든, 사랑이라는 단어조차 내게 어떤 의미를 가졌던 것이 아주 오래전의 일만 같았다. 결혼과 이혼을 연이어 겪은 지난 3년은 내게 사랑이라는 테마가 갖기 마련인 일체의 낭만성을 휘발시켜놓고 말았다.

"행복?"

"땡. 틀렸습니다. 정답은 부패, 부패라고요."

"그럼, 성하는? 지금 썩고 있는 중인가 보지?"

그렇게 묻는 내 머릿속에는 그날 밤 호프집에서 나와 택시를 기다리는 도로에서 자신의 늦은 귀가에 대해 촉각을 곤두세우고 있는 남편 얘기를 했던 성하의 초조한 얼굴이 떠오르고 있었다.

"다행히 저에게는 부패방지제가 있어요."

"그래? 그게 뭘까?"

성하는 쌍꺼풀진 두 눈만 깜박일 뿐 대답하지 않았다. 파르페를 먹고 있던 남녀가 자리에서 일어나 카운터 쪽으로 걸어가는 것이 맞은편 유리창에 비쳤다. 또 한 번 종이 뎅그렁 울렸고 소리가 잠잠해지자 성하가 말했다.

"그건 그렇고 저랑 같이 가실 데가 있어요."

"응?"

"요 근처 음식점에서 친구의 출판기념회가 있거든요. 책 제목이 『위험한 성』이라나. 고등학교 동창인데 산부인과를 전공해놓고는 비뇨기과에 더 능통하지 뭐예요."

성하는 양손을 이용해서 X, Y를 만들어 보이고는 한참을 킥킥거리며 웃었다.

"글솜씬 잘 모르겠지만 출판 감각 하난 끝내준다니까요. 아마 곧 베스트셀러에 오를걸요. 생식기를 동원하지 않고는 장사가 안 되는 시대이니까요."

"재밌겠는데……, 내가 가도 될까?"

나는 주저하며 물었다. 사람을 만나고 싶은 것은 사실이었지만 사람들이 많은 곳에 나서는 것은 아직까지는 꺼려졌다. 이혼? 이혼했다고요? 이를 어쩌나……. 사람들은 마치 그들이 내게 잘못을 저지른 것처럼 안절부절못했다. 그러고는 입에 발린 말들을 인사치레로 늘어놓았다. 무슨 일이 있었는지 몰라도 바깥양반 다시 돌아올 거예요. 아니 곧 더 좋은 사람을 만날 겁니다. 그런 말이 나에게 얼마나 더 큰 모욕감을 안겨주는지 그들은 모르고 있었다.

"가도 되고말고요. 어차피 서로 모르는 사람들인걸요. 그 친구 교제범위가 넓어서 남자들도 꽤 많이 올 거고요."

"남자라면 토요일에 만나기로 했잖아."

나는 이틀 전에 했던 쥐색 셔츠 남자와의 약속을 상기시켰다. 그것은 말하자면 얼결에 둘러댄 핑계 같은 것이었다. 물론 이 핑계는 성하에게 먹혀들지 않았다.

"그게 무슨 상관이에요. 아직 이틀이나 남았는데. 우리에게 주어진 시간을 아낌없이 써야죠. 그래야 썩지 않는다고요. 다양한 남자들을 만나고 그들의 인상을 기록하고 우리의 뇌 속에서 그 인상들이 발효되기를 서서히 기다리는 거예요. 물론 발효가 되기 전에 이미 사건이 일어나기도 하지만요."

"그래도 나는……."

내가 더듬거리는 사이에 성하는 단호하게 말했다.

"언니야말로 바깥바람을 쐬셔야 해요. 언니의 얼굴엔 벌써 부패의 그림자가 어른거리는걸요."

"난 이미 쓰디쓴 이별을 통과했어."

"그러니 더 문제죠. 독신이란 이별이 일어나지 않는다는 점에서 더 고약해요. 오래도록 혼자 지내면 곰팡이가 핀다고요."

곰팡이가 핀다고? 얼마 전 전기밥통 뚜껑을 열었다가 보았던 곰팡이가 떠올랐다. 시큼털털한 냄새를 뿜어내며 밥알 가득 퍼져 있던 자두 빛 곰팡이. 일주일간 바깥출입도 안 하고 집 안에서 뒹굴었던, 몸도 마음도 몹시 허기져 있던 무렵이었다. 그때 내 눈에 들어온 곰팡이는 역겹다기보다는 눈물겨웠다. 살아남기 위해 곰팡이는 얼마나 악착같이 밥알에 매달렸을까. 나의 깊은 곳에 저 악착같은 곰팡이가 피어난다면…… 그게 나쁜 일일까.

"자, 어서 일어나세요."

초록 니트 아래 사마귀처럼 기다란 성하의 팔이 내 소매를 잡아끌었다.

## 3. 발효의 시간

출판기념회가 열리는 음식점은 한 블록 다음 골목길에 있었다. 그 골목길은 다양한 음식점을 안으로 감춰두고 있었는데 마치 뚜껑을 열면 갖가지 과자, 사탕, 초콜릿 등이 담겨 있는 종합선물세트 같았다. 길가에 늘어선 베이커리, 고급 커피전문점부터 그 안쪽의 횟집, 매운탕집, 복집, 또 그 안쪽의 된장집, 뚝배기집, 한정식집에 이르기까지 다닥다닥 붙어 있는 간판들은 안으로 깊숙이 들어갈수록 더 맛깔스러운 느낌을 주었다. 오랫동안 혼자 하는 저녁 식사에 익숙해져 있던 나는 간판을 보는 것만으로도 포만감이 불러왔다.

막다른 골목인가 싶은 골목을 끼고 돌자 길은 또 이어졌고 낮은 한옥 처마 바로 위에 간판을 달고 있는 집 앞에서 성하는 멈췄다.

"여기예요."

미음 자형의 한옥 내부에는 가운데에 작은 마당이 있었고 둘레에 방들이 이어져 있었다. 왼쪽 방문 틈 사이로 촘촘히 앉아 있는 사람들이 보였는데 누군가 손을 흔들자 성하는 내 팔을 잡아끌었다.

방 안에는 열대여섯 명의 사람들이 앉아 있었는데 자리를 잡은 지

시간이 꽤 흘렀는지 후끈하게 달아오른 열기가 느껴졌다. 성하는 네 개의 테이블 중 왼쪽에서 두 번째 테이블 앞에 자리를 잡았다. 조금 전 마당을 향해 손을 흔들었던 여자가 성하 앞에 있었는데 그녀가 출판기념회의 주인공인 저자였고 성하는 그녀를 닥터 윤이라고 불렀다. 성하가 앉은 자리 앞에는 누군가 앉아 있다가 잠시 자리를 뜬 것인지 소주가 반쯤 담긴 잔이 놓여 있었다. 나는 낯선 동네에서 길을 잃을까 봐 엄마 손을 꼭 잡은 어린아이처럼 성하의 곁에 바짝 붙어 테이블과 테이블 사이의 빈 공간에 앉았다. 왼쪽 끝 테이블에 앉아 있던 사람들이 조금씩 옆으로 자리를 옮겨 내 자리가 안정적으로 확보되자 나는 안도의 한숨을 내쉬었다.

"자, 저자에게 축배를 들자고요."

성하의 제안에 사람들이 번잡하게 움직이기 시작했다. 빈 잔에 술을 채우고 사람들은 일제히 잔을 들었다. 높게 올려진 잔들 사이에 유독 한 사람의 술잔만이 테이블 위에 머물러 있었다.

"위험한 성을 위하여!"

누군가 그렇게 선창을 하자 모두들 "위하여" 하고 따라 했다. 긴 머리를 하나로 묶은 남자는 남들이 술잔을 내려놓기 시작할 무렵 한 박자 늦게 술잔을 들어 올렸고 혼자서 조용히 술을 마셨다. 건배를 하고 난 후에는 전처럼 심각한 대화는 나오지 않았다. 제각기 자기 테이블을 중심으로 술을 권하거나 안주를 먹거나 담배를 피우면서 한담을 나누고 있었다. 누가 내게 말을 붙일까 봐 두려워하면서 그 두려움을 지워내기 위해 나는 테이블 위에 놓인 안주를 뒤적거렸다. 그러다가 성하가 자리에서 일어나는 것을 보고 따라 일어났다.

성하를 따라 들어간 화장실은 겹으로 이루어졌는데 안의 공간이 꽤 넓고 쾌적했다. 나는 거울 앞에서 화장을 고치고 있는 성하의 곁에 붙어 섰다.

"어때요? 재미있죠?"

성하는 꽃무늬 파우치 안에서 콤팩트를 꺼내 연 뒤 스펀지로 얼굴을 두드렸다.

"말솜씨들이 대단하던데."

"칫, 대단하긴요. 다 속 빈 강정들이지."

"아냐, 나 같은 숙맥은 끼어들 자리가 없던걸."

"그래 봤자 별수 없는 먹물들이라고요."

스펀지를 집어넣고 탁 소리가 나도록 콤팩트를 닫은 성하는 이번에는 립스틱을 꺼내 입술에 바르기 시작했다.

"언니 마음에 드는 남자 있었어요?"

"글쎄. 성한 있어? 그 피디라는 사람 괜찮아 보이던데. 교양도 있는 것 같고."

"교양은 무슨."

성하는 립스틱을 손에 든 채 양 입술을 여러 번 맞부딪쳤다. 주홍색 립스틱은 어린아이의 주름진 성기 같은 성하의 입술에 부드러운 색감을 골고루 펴뜨렸다.

"남 뒤치다꺼리하다 인생 종 칠걸요. 별것도 없으면서 온갖 있는 체는 다 하고. 매너 찾다가 정작 할 말은 못 할 타입이라고요. 아마 닥터 윤의 책도 속으론 쓰레기 취급할걸요. 그러다가 카메라를 들이밀면 이 책의 사회적 의미가 어쩌고저쩌고하겠죠."

"그럼 누구? 설마 그 묶음 머리 남잔 아니겠지?"

"어휴 역겨워."

"정말이야? 그래도 굉장히 진지해 보이던걸."

"그러니까 더 역겹지요. 그 긴 머리하고는. 머리나 제대로 감는지 몰라."

화장을 다 마친 성하는 꽃무늬 파우치를 핸드백 속에 넣었다.

"아무도 없다는 거야? 그럼 공연히 헛수고한 거잖아. 나야 상관없지만."

"제가 말했잖아요. 다양한 인상의 기록이 중요하다고요. 그리고 기다려야죠. 발효 과정에서 중요한 것은 시간이니까요."

화장실에서 나온 뒤 방으로 들어갔을 때 나와 성하의 자리에는 이미 다른 누군가가 옮겨 앉아 있었다. 비어 있는 자리를 찾아 앉았을 때 내 자리는 성하와 멀리 떨어졌다. 나는 옆에 앉은 백발의 남자가 "저는 문화재단에서 일하고 있습니다" 하고 자기소개를 하는 소리를 들었다. "저자 친구의 친구예요" 하고 내 소개를 하기 위해 성하를 눈으로 찾았는데 그때 성하는 방송국 피디의 옆에 앉아 메모지에 무언가를 적고 있었다. 백발의 남자가 "아까부터 조용히 앉아 계시데요"

하고 말했을 때 성하는 그 메모지를 피디에게 건네주고 있었다.

출판기념회는 열한시에 2차로 갔던 포장마차에서 끝났다. 포장마차의 플라스틱 테이블에서 성하는 묶음 머리 남자의 옆에 앉아서 현 사회에 대한 나름의 진단이 섞인 대화를 핑퐁으로 주고받았다. 묶음 머리 남자와 성하가 내리는 진단은 서로 달랐기 때문에 그들의 대화는 어디로 튈지 모르는 공처럼 튀어 올랐고 플라스틱 테이블은 강한 스매싱으로 스파크가 일어나는 탁구대처럼 부르르 떨렸다. 자리에서 일어나기 전에 성하는 말했다.

"저는 그쪽의 견해에 동의할 수 없어요."

"물론 나도 그렇소."

묶음 머리 남자가 말했다.

"어때요? 날 잡아서 2차로 토론을 벌여보는 게."

묶음 머리 남자가 눈을 가늘게 뜨고 성하를 내려다보며 같잖다는 표정을 지었다.

"우리의 논쟁은 끝나지 않았어요. 그렇잖아요?"

성하는 도전적인 표정을 지으며 말했다. 성하의 쌍꺼풀진 눈이 묘하게 반짝거렸기 때문에 그 도전에는 뭔가 유혹적인 데가 있었다.

"맘대로 하시오."

"이번 주 토요일 오후 네시."

"네시라면 땡볕이 한창일 때가 아닌가?"

"땡볕이 쏟아져 내려도 그늘을 드리운 나무숲은 있기 마련이랍니다."

"뭐 좋소."

"그럼 창덕궁 앞에서 봐요. 네시에. 목을 축일 약간의 술과 과일은 제가 준비할게요."

포장마차 앞에서 사람들이 제각기 흩어지고 나와 성하가 지하철역을 향해 걸어가고 있을 때 나는 성하에게 물었다.

"토요일엔 한시에 이미 약속이 있잖아."

"네시면 약속을 끝내고 갈 시간이 충분해요. 안국동에서 창덕궁까진 걸어서 10분도 안 걸리는데요, 뭐."

"그 남잔 어쩌고?"

"쥐색 셔츠 말이에요?"

"응."

"여전히 여자에 대해서 회의하든가, 아님 회의를 마치고 함께 창덕궁으로 가든가, 그러겠죠, 뭐."

"그 남자를 창덕궁에 데려간다고?"

"네. 뭐 어때요."

"친구도 데려온다고 했잖아."

"그건 그때 가봐야 아는 거고요. 난 이렇게 낯선 사람들끼리 한데 섞어놓는 게 좋더라. 잘 아는 사인 너무 뻔하거든요."

"난 아는 사람 만나는 것도 힘겨운데……."

"밀가루 반죽에 이스트를 넣고 기다린다고 생각해보세요."

"이스트?"

"네. 시간이 지나면 게다가 적당한 온도를 가해주면 더 빨리 부풀어 오르겠죠?"

"그러면?"

"빵을 굽는 거죠. 다 구운 뒤엔 먹어치우는 거고."

지하철역 입구의 계단을 다 내려간 후 개찰구 앞이었다. 성하는 입맛을 다시며 말했다.

"그냥 지켜만 보세요."

성하는 나를 향해 눈을 찡긋해 보였고 개찰구를 통과한 뒤 나와는 반대 방향의 플랫폼을 향하여 내려갔다.

## 4. 아주 신선한 효모

토요일 한시. 아트센터 1층 카페. 쥐색 셔츠의 남자는 오지 않았다. 우리는 입구 가까운 쪽에 자리를 잡고 있었는데 유리문을 밀치고 젊은 남자가 오갈 때마다 성하는 두 눈을 반짝이며 주시하고 있었다. 성하에게는 기다리는 일의 지루함이 생길 겨를이 없는 것 같았다.

"언니, 저쪽, 어때요?"

성하가 눈짓으로 가리키는 카운터 앞에는 얼굴이 하얗고 눈썹이 짙은, 어딘지 모르게 비사교적으로 보이는 젊은 남자가 서 있었다.

"좋은데, 하지만 너무 어리잖아."

"어리니까 좋죠. 요즘 드라마의 트렌드가 뭔 줄 아세요? 바로 연상의 여자와 연하의 남자 커플이라고요. 이혼녀와 미혼남 커플이 일반화된 게 언젠데."

"어린 남잔 아무래도 좀 징그럽지 않을까?"

"모르는 소리 마세요. 어느 학설에 의하면 남녀 차이는 스무 살이 가장 이상적이래요. 남자가 스무 살 아래거나 혹은 스무 살 위거나. 난 스무 살 아래쪽을 택하고 싶지만."

"그건 영화 속에서나 가능한 이야기야."

"아뇨. 스무 살 아래의 남자애는 여자의 풍부하고 노련한 경험과 기술 속에서 사랑을 제대로 배우는 거예요. 마치 누이이자 어머니이자 연인 같은 사이가 되는 거죠."

그때 성하의 휴대전화가 울렸고 성하는 가죽 케이스를 열어젖히고는 재빨리 휴대전화를 귀에 댔다. 상대는 쥐색 셔츠 남자인 것 같았다. 성하는 고개를 몇 번 끄덕이고는 간단하게 응대하더니 전화를 끊었다.

"일거리가 밀려서 한 시간 정도 늦겠다네요."

"그럼 어떻게 하지?"

"기다리죠, 뭐. 어차피 네시까진 이 근방에 있어야 하니까."

"점심은?"

"아점으로 했어요."

5분도 안 돼서 성하는 주리를 틀기 시작했다. 긴 팔을 엇갈려 손을 잡고는 어깨를 뒤로 힘껏 당기는 성하의 몸놀림은 지루함에서 나온 것이라고 보기에는 너무 유연했다. 손가락으로 마디를 꺾는 소리를 내고 난 뒤 성하는 말했다.

"언니, 그러지 말고 우리 로비에 가보는 게 어때요? 무슨 영화제를 한다고 하던데, 그쪽에 가면 왠지 눈요기할 게 더 많을 거 같네요."

"예술영화를 좋아하나 보지?"

"예술영화요? 그런 거 보고 있으면 잠 와요. 그것보단 예술영화 보러 오는 젊은 남자들이 훨씬 더 매력적이죠. 자, 가요."

지하에 있는 아트센터 로비에는 두시 상영을 앞두고 있는 영화를 보러 온 관객들이 듬성듬성 서 있었다. 덩치가 크고 뚱뚱하면서 중성적인 느낌을 주는 여자가 있는가 하면 반 곱슬머리의 머리를 길게 늘어뜨리고 잘 차려입은 깔끔한 느낌의 젊은 남자도 있었다. 키가 크고 예쁜 용모의 여자와 비정상적으로 키가 작은 여자가 간이 테이블 위에 팸플릿을 올려놓고 조용히 얘기를 나누는 모습도 보였다. 성하는 상영 시간표를 힐끗 보고 나서 전시대 위에서 몇 장의 팸플릿을 집어들고는 반 곱슬머리의 청년 주변을 1미터 반경 이내에서 어슬렁거렸다. 성하는 내게 귓속말을 했다.

"저 청년 어때요?"

"음. 아주 매력적이야. 너무 매력적이어서 여자 친구들이 가만히 놔두지 않겠는걸."

"모르는 소리 마세요."

"그렇지 않다는 뜻이야?"

"저렇게 잘생긴 청년일수록 여자 친구 하나 없을 가능성이 많아요. 말하자면 자신의 잘생긴 얼굴이 도리어 장애가 되는 셈이죠."

"그럴 리가."

"저 얼굴 때문에 어떤 여자도 쉽사리 접근을 못 하는 거예요. 그게 아니면 자신의 얼굴에 대한 자의식 때문에 여자들에 대한 모험심을 잃어버렸을 수도 있고요. 말하자면 관이 높아 슬픈 짐승인 셈이죠."

성하는 내게 눈을 찡긋해 보인 후 반 곱슬머리 청년의 맞은편에 앉았다.

"저 혹시."

성하는 그렇게 말을 건넸다. 청년은 성하의 얼굴을 쳐다보는 것으로 대답을 대신했다.

"이 영화 언제 하는 줄 아세요?"

성하는 벽면에 걸린 대형 포스터 중 하나를 가리키며 물었다.

"그건 지난주에 끝났는데요."

청년의 목소리는 미성이었다. 이제 막 고등학교를 졸업했거나 많아야 스물셋을 넘지 않은 듯했다.

"어머. 놓쳤네. 꼭 보고 싶었는데."

성하는 아쉬운 표정을 지어 보였다. 청년은 막 자기 앞에 놓인 영화 잡지로 시선을 옮겨가고 있었다. 성하는 청년의 시선이 영화 잡지에 도착하기 전, 재빨리 물었다.

"그럼 혹시 또 언제 하는지 아세요?"

"글쎄요. 영화제란 게 워낙 비정기적이어서 말이죠."

청년은 잡지에서 눈을 떼기가 아쉬운 듯 눈길을 간신히 성하에게 옮기며 건성으로 말했다. 나름대로 매력은 있지만 나이는 조금 있어 보이는 그렇다고 아줌마 냄새를 물씬 풍기지는 않는 여자에게 어떤 태도를 취해야 할지 청년은 망설이는 듯이 보였다.

"게다가 그 영화는 전공자 이외에는 그다지 흥미를 끌 영화가 못 되죠."

이윽고 청년은 비평가적인 태도로 말했는데 아마도 그렇게 말함으로써 앞에 있는 난처한 여자의 관심을 단호하게 떼어낼 생각인 듯했다. 성하는 호락호락 물러서지 않았다.

"영화에 대해서 많이 아시나 봐요?"

"뭐, 조금. 예술종합학교에 다니고 있으니까요. 전공은 연극이지만 오늘날 연극과 영화의 경계는 물과 이온 음료수의 경계처럼 가까우니까요."

"어머나 부러워라."

성하의 감탄에 청년은 어깨를 한 번 으쓱해 보였다.

"저처럼 영화를 좋아하면서도 전문적인 지식이 없는 사람은 늘 갈증을 느낀답니다. 시중에 떠도는 것은 온통 할리우드 영화들뿐이고 그런 영화들이야 뭐 킬링 타임용 아닌가요? 아는 만큼 보인다고 했는데 영화제 소식을 듣고 찾아오면 이미 끝났다고 하니……."

성하의 말은 확실히 호소력이 있어 보였다. 청년은 테이블 위에 놓인 잡지를 조금 위로 밀치고 성하의 말을 들을 자세를 취했다.

"혹시……."

성하는 물어보고 싶지만 상대를 피곤하게 만들 생각은 없다는 듯이 청년의 얼굴을 살폈다.

"네. 말씀하세요."

"아니에요."

"말씀하시라니까요."

"연극 전공자가 바라보는 영화 얘기를 들어보고 싶단 생각이 문득 들어서요. 아무래도 영화보다는 연극의 역사가 더 유장하지 않겠어요?"

"물론이죠."

"그러니까……, 어떻게 만나뵐 수 있을지. 물론 제가 즐겨 하는 인터넷으로도 연극을 좋아하는 사람은 얼마든지 만날 수가 있지만요. 인터넷이란 공간은 너무 소모적인 데가 많더라고요."

"아, 그러세요."

순진한 반 곱슬머리의 젊은 연극학도는 성하의 말에 가볍게 감탄했다.

"저는 주로 목요일 오후에 여기에 옵니다. 그날은 수업이 없거든요. 오늘처럼 토요일에 오는 날도 물론 가끔 있지만요."

"그럼 다음 주 목요일에 오면 만날 수 있겠네요."

"네."

"혹시 못 만나면 어쩌죠? 저도 여러 가지 사정 때문에 꼭 그 시간을 맞출 수 있는 게 아니라서."

청년은 잠시 멍하게 앉아 있었다. 성하는 가방에서 휴대전화를 꺼낸 후 암시를 주듯이 만지작거렸다. 청년의 시선이 마침내 성하의 휴대전화에 가 닿았다. 청년은 정답을 알아낸 듯한 표정을 지으며 물었다.

"제 휴대전화 번호를 드릴까요?"

성하는 환하게 웃었다.

"네. 그게 좋겠네요."

청년은 메모지를 찾는 눈치였는데 성하가 휴대전화를 내밀자 거기에 자신의 번호와 이름을 찍었다. 성하는 바로 통화 버튼을 눌렀다. 이번에는 청년이 자신의 휴대전화에 성하의 번호를 저장하기 시작했다.

"저 이름이?"

청년이 물었다.

"가연이에요. 이가연. 아름다울 가(佳)에 연못 연(淵)이랍니다."

나는 성하를 힐끗 바라보았지만 그녀는 태연했다.

"귀찮게는 안 할게요. 그냥 목요일에 나오는지 안 나오는지 그것만 확인하려고 그래요."

휴대전화가 성하에게 다시 건너왔다.

상영관의 문이 열렸고 아트센터의 직원인 듯한 여자가 입장이 시작되었음을 알리자 로비에 흩어져 있던 사람들이 상영관 출입문 앞으로 모이기 시작했다. 청년은 자리에서 일어나 성하에게 인사를 했고 출입문 앞으로 가면서 손을 한 번 흔들어 보이고는 자신의 느닷없는 행동에 계면쩍었는지 잽싸게 등을 돌렸다.

이정훈.

성하는 휴대전화 폴더를 열어 젊은 연극학도의 이름을 소리 내어 읽었다. 휴대전화를 핸드백 안쪽에 밀어 넣은 성하는 미소를 지은 후 내 팔을 잡아끌고 로비의 출입문을 향해 걸어가기 시작했다.

"정말 매력적인 청년인데."

"그렇죠?"

"근데 왜 가명을 댄 거야?"

"글쎄요. 다른 느낌으로 청년을 만나고 싶었다고 해야 할까요. 평생 하나의 이름을 달고 하나의 인격으로 산다는 건 좀 지루하잖아요."

성하는 한쪽 눈을 찡긋해 보이며 말했다.

"정말 다음 주 목요일에 여기 올 거야?"

"그때 가봐서요."

"왜? 이름까지 예쁜 이름으로 바꾸어놓고."

"예술영화 좋아하는 남자들은 말이죠."

"으응."

"꼭 거세된 수컷 같아요."

"왜? 멋지잖아. 매력 있고 분위기 있고 고상하고……."

"아이참 언닌. 수컷의 세계란 말이에요. 정글 같은 거예요. 〈라이온

킹〉에 나오는 심바처럼 위험과 모함과 음모와 피비린내 나는 결투 속에서 살아남아 왕이 되는 세계라고요. 그런데 말이에요. 예술영화를 좋아하는 남자들에게는 그런 게 없어."

"그래도 아깐 성하가 적극적으로 나섰잖아."

"그러니까 그건 말이에요."

성하는 답답하다는 표정을 지어 보였다.

"이따금 그런 정글이 싫어질 때가 있으니까요. 정글의 모험과 음모와 피비린내가 끔찍이 싫단 말이에요. 그보단 정원에서 산책하는 기분으로 감미로운 음악에 귀를 기울이면서 인생이 어떻고 정열이 어떻고 예술이 어떻고 그런 얘기를 하다 보면 뭐랄까, 안심이 된다고 할까요."

"그래도 그 청년은 진지한 타입 같던데."

"진지한 예술가 타입이라면 더 사절이에요."

"왜? 성하가 말한 진실한 감정을 추구하려면 아무래도 예술가 쪽이 더 낫지 않을까?"

"싫다니까요."

성하는 단호하게 고개를 저었다.

"예술가는 모두 다 흡혈귀들이야. 가족, 친지, 친구, 지인, 후원자들의 피를 빨아먹는 흡혈귀. 아름다움을 만들어낸다는 구실로 예의와 범절을 다 내동댕이치는 무뢰한들. 전 예술가의 연인이 되느니 차라리 그들이 만들어낸 예술품을 사는 돈 많은 고객이 될래요."

성하는 1층을 향해 계단을 올라가기 시작했는데 카페 안에서 쥐색 셔츠의 남자가 손을 흔드는 것을 발견하고는 걸음을 멈추었다가 다시 천천히 걷기 시작했다.

## 5. 검은 보자기로 묶은 상처

취색 셔츠의 남자는 입구에서 가까운 테이블에 앉아 있었다. 테이블 위에는 물이 담긴 유리잔 옆에 시사주간지가 놓여 있었는데 가장자리 부분이 말려 있었다. 남자는 혼자였는데 우리가 맞은편 자리에 앉자 미안하다는 표정부터 지었다.

"제가 늦었습니다."

"인생이란 게 기다림의 연속이긴 하지만 토요일 오후에 젊은이들이 북적대는 곳에서 기다리는 일은 생각보다 쉽지 않네요."

성하는 뾰로통한 얼굴로 대답했다.

"게다가 친구도 데려오지 않으시고."

"동창 녀석이 나온다고 했죠. 그런데 그 친구가 그만 어젯밤에 장염에 걸렸다는군요. 밤새 화장실을 들락날락하느라 축 늘어져 있노라고 새벽 한시에 전화가 왔어요. 지금쯤 아마 링거라도 꽂고 누워 있을지 모릅니다."

남자는 테이블 위에서 시사주간지를 집어 들어 돌돌 말아서는 한 손으로 다른 손바닥에 툭툭 쳤다가는 내려놓았다. 그러한 동작은 아마도 남자가 난처한 상황에 처했을 때 하는 습관인 것 같았다. 남자가 말했다.

"그 대신 지금부터는 모든 것을 책임지도록 하죠."

남자는 유리창 너머로 7월의 뜨거운 볕이 쏟아지는 거리를 힐끔거렸다.

"유쾌한 주말이 될 수 있도록 말입니다."

어디로 갈까? 무엇을 하는 게 좋을까? 그런 생각이라도 하는지 남자의 양미간에 잠시 주름이 잡혔다. 그러나 남자의 좁은 이마에 선명하게 잡힌 주름은 여름 한낮에 도심에서 할 수 있는 일이 그다지 없을 것임을 말해주고 있었다.

"이 더위에 유쾌해지는 유일한 방법은."

남자는 카운터 쪽으로 고개를 돌려 천장 아래에 매달린 메뉴를 바라보았다.

"에어컨이 나오는 실내에서 시원한 음료를 마시는 거죠. 커피보다는 차라리 빙수가 낫겠네요. 장염의 위험이 있긴 하지만요."

남자는 동의를 구하듯 성하와 내 얼굴을 차례로 바라보았다. 성하와 내가 차례로 고개를 끄덕이자 남자는 카운터에 빙수 세 개를 시켰다. 그가 기호대로 시킨 팥빙수와 과일빙수 그리고 커피빙수는 20여 분 만에 나왔다.

"재밌는 얘기나 해주세요."

성하가 빙수가 담긴 작은 볼에 티스푼을 넣어 분쇄된 얼음 조각과 조각난 과일 등을 뒤섞으며 말했다.

"재밌는 얘기라. 제가 제일 못하는 게 바로 그겁니다. 재밌는 얘기라면 개그맨이나 운동선수들이 잘하죠. 재미란 건 대체로 단순 명쾌한 정신 속에서 나오는 법이니까요."

"그럼 머릿속이 복잡하신가요?"

"복잡하다고 할 수도 없어요."

"단순하지도 않고 복잡하지도 않은 그 머릿속에 무엇이 있는지 궁금해지네요."

남자는 난처한 표정을 지었다. 그는 티스푼으로 팥 알갱이와 찰떡 등을 한쪽으로 밀어낸 후 얼음 조각을 한 스푼 떠먹더니 한참을 골똘히 생각에 잠겼다.

"여자요."

쥐색 셔츠 남자는 말했다.

"제 머릿속에는 여자가 있어요."

그럴 줄 알았다는 표정을 지으며 성하는 과일 한 조각을 입에 떠 넣었다.

"화간 장면을 목격한 어린아이가 바로 댁이죠?"

"그 질문에는 대답하고 싶지 않네요."

남자의 표정은 잠시 굳어졌다가 풀어졌다.

"제가 여자에 대해 생각하는 것은 여자가 난해하기 때문이에요. 자연현상 같죠. 겉으론 단순해 보이지만 파고들수록 어려워져요."

"저는 유쾌하게 살려고 애를 쓰는데……. 물론 진지한 감정을 추구하기는 하지만 그렇다고 심각해질 필요는 없으니까요."

성하가 웃으며 말했다.

"좋은 태도입니다. 하지만 제가 만나고 싶은 여자는 제게 두려움을 안겨주는 여자예요."

"두려움을요?"

"네, 두려움이오. 저에게 복종하는 것이 아니라 저를 복종시키는 그런 여자 말이에요."

"그 얘기는 왠지 상처받은 남자의 페르소나인 것 같은데요."

"그럴지도 모르죠."

잠시 뜸을 들인 후 남자는 말했다.

"어머니는 청상과부였어요. 중학교 2학년 때 학교에서 갑자기 단축수업을 하는 바람에 집에 오게 되었죠. 그런데 집에 모르는 사내가 어머니 곁에 누워 있더군요. 어머니는 저를 보자 불같이 화를 냈어요. 전 이해할 수 없었어요. 내 어머니인데 그 옆에 왜 낯선 사내가 누워 있어야 하는지 말이에요. 마음속으로 검은 보자기를 꺼내어 그 장면을 꽁꽁 묶어버렸죠."

남자는 분쇄된 얼음 조각이 다 녹아 우유와 단팥이 혼합된 음료처럼 변해버린 빙수를 스푼으로 휘저었다.

"오랫동안 그 상처는 검은 보자기에 묶여 있었어요. 성인이 되자 전 자연스럽게 여자를 알게 되었죠. 그뿐만 아니라 뭐랄까, 낯선 지역을 정복하듯이 여자들을 하나씩 해치우기 시작한 거예요. 그건 사랑은 아니었어요. 여자에게 사랑 비슷한 감정을 느끼는 순간 묶여 있던 검은 보자기가 펄럭거렸으니까요. 상대가 착한 여자일수록 더 심하게 말입니다. 그러면 저는 검은 보자기를 치우기 위해 점점 더 잔인하고 가혹해지곤 합니다. 이상하더군요. 그럴수록 여자들은 더 복종적으로 되고……. 이런 악순환의 고리를 끊어줄 여자를 아직까지 만나지 못했어요."

"제가 끊어드릴까요?"

무거워진 분위기를 바꾸려는 듯 성하가 경쾌하게 물었다. 남자는 성하의 얼굴을 물끄러미 바라보는 것으로 대답을 대신했다.

"저희와 함께 창덕궁에 가요."

"창덕궁이라고요?"

"네."

남자는 망설이는 눈치였으나 이윽고 말했다.

"좋습니다. 날이 덥기는 하지만."

내가 무어라 말하기도 전에 성하가 테이블 밑으로 손을 넣어 내 손을 꽉 움켜쥐며 말했다.

"자, 그럼 갈까요?"

남자가 일어나서 카운터 쪽으로 가 계산을 하는 사이에 성하는 내게 속삭였다.

"글쎄, 한번 부딪쳐보라니까요."

## 6. 궁궐 속으로

창덕궁 앞에서 묶음 머리 남자와 쥐색 셔츠 남자는 어색한 인사를 나누었다. 그들은 서로 만나고 싶지 않은 것이 분명해 보였지만 그렇다고 눈에 띄게 싫은 내색을 하지는 않았다. 확성기를 든 궁궐 안내원이 스무 명 남짓한 관람객을 이끌고 돈화문에서 출발하여 대조전에 이르렀을 때 두 남자는 언성을 높이며 싸우기 시작했다.

"그건 문화적인 측면에서만 그렇죠."

쥐색 셔츠의 남자는 단정적인 어조로 말했다.

"사회 전체적인 측면에서 보면 여전히 짝짓기에도 불평등이 존재합니다. 농촌에서 썩고 있는 늙은 총각들을 생각해보세요. 그리고 이 도시에도 얼마나 많은 노숙자들과 독신 남녀와 섹스리스 부부가 존재하는지 말이에요."

쥐색 셔츠 남자의 말에 묶음 머리 남자는 즉각 혀를 차며 말했다.

"좋소. 문화적으로만 그렇다고 칩시다. 그렇게 가난하고 여자 구할 능력이 없는 남자들이 많은데 문화적으로 분방한 성을 외치는 게 바람직하다고 보십니까? 그건 그들에게 이중의 고문이 되지 않겠어요?"

"대리만족이란 게 있습니다. 텔레비전이나 비디오라도 보면서 욕구를 충족시켜야 하는 거죠."

"그건 욕구 충족이 아닙니다. 더 큰 굶주림을 느끼게 하는 것이죠. 그림의 떡처럼 말입니다."

"싸우지들 마세요."

쥐색 셔츠 남자와 묶음 머리 남자 사이로 성하가 끼어들더니 두 사람의 소매를 잡아끌어 대조전 앞으로 걸어갔다. 안내원이 설명을 마친 대조전 앞에는 관람객들이 삼삼오오 모여 있었다.

"퓨전 침실이네요. 겉은 조선 건축인데 내부는 서양식에 왜풍까지 곁들였으니 말이에요."

대조전 내실을 기웃거리며 성하는 말했다.

"제가 궁금한 건요. 이런 데선 대체 어느 나라 방식으로 잠자릴 해야 하는 건가, 뭐 그런 문제예요."

쥐색 셔츠 남자가 웃었다. 묶음 머리 남자는 고개를 가로저으며 안내원을 향해 걸어갔다. 안내원은 다음 행선지가 부용지임을 알리며 앞장서서 완만하게 경사진 오르막길을 걷기 시작했다. 길은 S자로 휘어지다가 돌담길이 이어지고 있었다. 크고 창창한 나무가 우거져 있어서 나무 그늘이 드리워졌다. 쥐색 셔츠 남자가 내 곁에 바짝 따라붙었다. 나는 성하와 나란히 걸으려 했지만 성하는 종종걸음을 치며 앞서 갔다. 묶음 머리 남자 가까이에 이르자 성하는 남자의 조금 빠른 보폭에 맞추어 헐떡이며 걸었다.

"그늘인데도 덥군요."

쥐색 셔츠 남자가 내게 말했다.

"여름이니까요. 하지가 지난 지 열흘이 넘었는걸요."

"전 이곳에만 오면 몹시 더워집니다. 마치 조선시대의 의관과 예복이 꼭 제 숨통을 조여오는 것만 같다니까요."

"그래도 경복궁과 달리 여긴 왠지 쓸쓸해요. 대조전의 모습도 꼭 침탈당한 여인 같은걸요. 침실까지 공개되는 게 왕비의 운명이라니."

나는 앞서 걷고 있는 성하를 시선으로 붙들며 말했다. 포장도로 위로 후끈한 열기가 향긋한 나무 냄새와 함께 뿜어져 나오고 있었다. 갑자기 쥐색 셔츠 남자의 손이 쑥 앞으로 나오더니 내 손을 잡았다.

"보여주세요."

"네?"

나는 남자의 손에서 내 손을 빼내며 뒤로 물러섰다.

"당신을 보여주세요."

"뭘 말이죠?"

"꽁꽁 싸매고 있는 당신 안에 무엇이 있는지 궁금해요."

"전 당신이 찾는 여자가 아니에요. 당신 안의 검은 보자기를 치울 능력이 없어요."

"상관없습니다."

나는 다시 나무 그늘 사이로 성하의 뒷모습을 찾았다. 성하는 이제 막 모퉁이를 돌고 있었다. 성하의 모습이 사라지자 나는 말했다.

"전 이혼녀예요."

"알고 있어요."

"호기심 때문이라면 사절하고 싶네요."

"왜죠? 호기심이란 관계를 맺는 첫 단추인데요."

"원하지 않으니까요."

"혹시 아십니까? 그런 단호한 거절이 때론 더 큰 매혹으로 작용한다는 사실 말입니다."

나는 성하가 사라진 모퉁이를 향해 달려갔다. '전 말이죠. 남자의 시선만 느껴도 온몸이 움츠러들어요. 당신은 고작 검은 보자기이지만 저는 콘크리트 같은 벽에 갇혀 있다고요.' 나는 속으로 중얼거렸다. 모퉁이를 돌자 다시 내리막길이 이어지면서 서늘한 기운이 느껴졌다. 아래쪽에 연못이 있어서이기도 했지만 쨍하고 뜨거운 볕이 내리쬈던 하늘도 시커먼 구름에 뒤덮이고 있었다. 내리막길 중턱에서 성하는 저절로 빨라지는 속도를 누르며 우아하게 걸어갔다.

"성하. 같이 가."

나는 숨을 헐떡이며 성하를 불렀다. 묶음 머리 남자는 저만치 부용지 앞에 서서 표지판을 읽고 있었다. 성하는 다 알고 있다는 듯이 혀를 찼다.

"쯧쯧."

"아무래도 난 안 되겠어."

"그럴 땐 한술 더 떠야 해요."

"한술 더 뜨라고?"

"언니가 적극적으로 나가야 그쪽에서 주춤하죠."

"난 못 해."

"어휴, 그러다 천연기념물 되려고 그래요?"

"천연기념물?"

"네. 요즘 이혼은 자유의 조건 같은 거예요. 근데 어렵게 이혼해놓고 자유도 얻지 못하면 그야말로 기념물이 되는 거지 뭐예요. 군내 나는 천연기념물 말이에요."

대놓고 조롱하는 성하를 향해 나는 눈을 흘겼다. 어디선가 비릿한 물 냄새가 떠다니고 있었다. 고개를 돌렸을 때 눈앞에는 사각의 연못이 있었고 연못의 모서리에 물이 내려오는 수로가 있었다. 이혼 후 종종 꾸었던 꿈이 떠올랐다. 물이 고여 있던 작은 연못. 연못 옆에서 우글거리던 뱀들. 나는 그 많은 뱀들 가운데 한 마리도 제대로 바라볼 수 없었다. 그러다가 차가운 뱀의 살갗이 몸을 칭칭 타고 오르는 섬뜩한 느낌에 깨어나면 온몸이 땀으로 흠뻑 젖어 있곤 했다.

## 7. 풀밭 위의 향연

안내원이 휴식을 알리며 자리를 뜨자 관람객들이 삼삼오오로 흩어졌다. 우리는 부용지를 에워싸고 있는 좁은 샛길을 따라 걸었다. 커다란 나무들이 드리운 그늘 아래로 난 길은 시원했다. 초록의 수면 곳곳에서 크고 작은 동심원이 파문을 그리고 있었고 물방아 같은 날벌레들이 그 위로 퐁퐁 뛰고 있었다. 성하는 부용지를 한 바퀴 돌고 난 뒤 앞장서서 빠르게 걷다가 돌로 된 문 앞에 멈추어 섰다. 불로문이었다.

먼저 와 있던 묶음 머리 남자는 골똘히, 쥐색 셔츠의 남자는 끔찍하다는 듯 진저리를 치며 제각각 돌문을 바라보고 있었다.

성하는 앞서서 걸어가더니 낡고 음침해 보이는 두 채의 건물 뒤쪽에서 손짓을 했다. 잠시 후 아래쪽에서 안내원의 확성기 소리가 들려왔고 안내원의 지시에 따라 이동하는 관람객들이 보였다. 그들은 안내원과 함께 불로문을 통과해서 한옥 지붕이 보이는 쪽으로 걸어갔다. 관람객들이 사라지자 성하는 맞은편에 있는 작은 연못으로 일행을 이끌었고 연못이 내려다보이는 나무 그늘 아래에 자리를 잡았다. 성하는 가방에서 술병을 꺼내 흔들어 보였다.

"쉿! 안내원이 관람객을 이끌고 후원에 있는 동안 한 30분 시간이 있어요."

성하가 집게손가락을 입술에 댔다가 떼어내자 쥐색 셔츠 남자는 고개를 끄덕였다.

"위반은 제가 좋아하는 행위입니다."

"조선시대에는 상상도 못 할 일이오. 왕조들이 정사를 보는 궁궐에서 평민들이 주연을 펼친다는 것은."

묶음 머리 남자는 이렇게 말하며 연못 왼쪽의 작은 정자를 바라보았다. 정자는 연못 위에 음전한 그늘을 드리운 채 제 몸통보다 커다란 지붕을 이고 있었다.

"민주주의 만세죠."

쥐색 셔츠 남자는 옆구리에 끼고 온 시사주간지를 몇 장 뜯어서 깔개를 만들었다. 내 오른쪽에 성하가 앉았고 왼쪽에는 쥐색 셔츠 남자가 앉았다. 성하는 각국 정상의 얼굴이 한자리에 모여 있는 화보를 한참 들여다보더니 그대로 깔고 앉았다. “자, 어서요” 하는 성하의 말에 묶음 머리 남자는 쥐색 셔츠 남자 옆자리에 앉았다. 밤송이처럼 까슬까슬한 촉감이 맨다리에 느껴졌다. 제초제 냄새가 남아 있는 7월의 풀밭은 억세고 뻣뻣했다. 쥐색 셔츠 남자가 말했다.

“풀밭에 앉기 좋은 계절은 아니군요.”

“생각하기 나름이에요. 낫기로는 5월이 제일 낫겠지만 그맘때에는 결혼을 앞둔 신랑 신부들이 풀밭을 다 차지하고 있는걸요.”

성하는 손수건으로 이마의 땀을 찍어 누른 뒤 가지고 온 종이컵에 술을 따르기 시작했다. 쥐색 셔츠 남자가 먼저 잔을 받았다. 묶음 머리 남자는 허리를 꼿꼿이 세운 채 잔을 받았다. 그런 후에 쥐색 셔츠 남자는 술병을 건네받아 성하와 내게 차례로 술을 따라주었다. 네 사람은 종이컵을 부딪쳐 건배를 했다. 나는 독주를 혀끝에 살짝 대었다가는 컵을 내려놓았다.

“아, 좋아라.”

성하는 단숨에 비운 종이컵을 풀밭 위에 내려놓았다.

“여긴 누구 처소였을까요?”

나는 음침한 기운이 감도는 오른쪽 두 채의 건물을 떠올리며 물었다.

“효명세자지요. 세도가들에 의해 왕권이 흔들리는 것을 지켜보면서 울분을 참느라 북향으로 집을 지었다고 합니다. 이 작은 못 곳곳에 그의 분노가 서려 있을 겁니다."

묶음 머리 남자가 말했다.

"전 왕조의 집안 얘기엔 관심이 없답니다."

성하가 이렇게 말하며 잔을 내밀자 쥐색 셔츠 남자가 빈 잔에 술을 따랐다. 성하는 그 잔을 다시 반쯤 마신 뒤에 말했다.

"중요한 건 우리가 살아 있다는 거예요. 우리의 인생은 아직 창창한 걸요."

"창창하다……. 젊음이란 미혹에 불과해요."

"사라진 왕조의 역사보다는 살아 있는 젊음의 미혹이 더 낫지 않을까요?"

"역사를 잊어버린 삶은 천박해요."

성하는 묶음 머리 남자의 말에 반박했고 묶음 머리 남자는 성하의 말에 다시 반박했다.

"아이, 참."

성하는 투정을 부리듯 묶음 머리 남자를 바라보았다. 그런 성하의 두 눈에는 초록 그늘이 내려앉아 있었다. 성하는 쌍꺼풀진 두 눈을 깜박거려 초록 그늘을 살짝 밀어내며 묶음 머리 남자의 팔에 손을 얹었다. 그러자 그는 성하의 팔을 가볍게 밀쳐냈다. 그러나 성하는 다시 한 번 그의 팔을 잡았다. 묶음 머리 남자는 얼굴을 찡그리며 거머리를 떼어내듯 성하의 손을 떼어냈다.

"도덕성. 그게 제 인생의 지침이지요."

묶음 머리 남자는 짧게 두 번 헛기침을 했다. 성하는 묶음 머리 남자가 떼어낸 손을 들어 빈 잔을 잡으며 말했다.

"제게도 도덕은 있답니다."

쥐색 셔츠 남자는 성하에게 술을 따라주었다. 종이컵을 기울여 입술을 적신 후 성하는 말했다.

"저의 도덕은 생명이지요. 생명 이상의 도덕이 있을까요?"

"말씀 잘하셨습니다."

쥐색 셔츠 남자가 말했다.

"저는 이 순간 마네의 그림이 떠오르는군요."

"〈풀밭 위의 점심〉 말인가요?"

내가 묻자 쥐색 셔츠 남자는 고개를 끄덕였고 성하는 자신도 잘 안다는 표정을 지었다. 묶음 머리 남자가 말했다.

"'살롱전'에 출품했다가 낙선한 후 '낙선전'에 출품해서 큰 인기를 누린 작품이죠. 물론 그 인기라는 게 처음엔 비난 일색이었습니다만. 그 작품의 원래 이름이 〈목욕〉이었습니다. 자세히 보면 화면의 뒤쪽에 옷을 반쯤 걸친 여자가 발을 연못에 담그고 있는 모습이 보이거든요."

묶음 머리 남자의 건조한 설명에 누구도 관심을 보이지 않자 그는 입을 다물었다.

"전 그 그림을 보면 늘 이상한 게 있었어요."

내 말에 쥐색 셔츠 남자가 물었다.

"뭐가요?"

"뭔가 불공평하다는 생각이 들어요. 남자들은 정장 차림인데 여자들만 벗고 있으니 말이에요. 마치 여자는 벌거벗은 육체로만 존재한다는 듯이 말이에요."

"벌거벗은 육체, 그게 바로 자연인 거죠."

"왜 여자만이 자연이죠? 남자도 역시 자연인데."

"그건 여자들의 육체가 더 돋보이기 때문이 아닐까요?"

"그보다는 남자들의 시선만 강조했기 때문인 것 같은데요. 여자들은 스스로 존재하는 것이 아니라 남자들이 바라봐 줄 때 그의 시선을 통해서만 드러날 수 있다는 듯이 말이죠."

쥐색 셔츠 남자와 내가 주고받는 대화 사이로 성하가 끼어들었다.

"저는요."

그녀의 목소리에는 장난기가 잔뜩 섞여 있었다.

"그들이 무엇을 하고 있었던 걸까? 그게 궁금한걸요. 정말 점심만 먹은 걸까요? 아니면 옷 벗기 놀이라도 한 걸까요? 그러고 보니 오늘의 이 자리와 비슷하네요. 풀밭 위 두 쌍의 남녀. 갑자기 재밌는 생각이 떠올랐어요."

"그게 뭐죠?"

쥐색 셔츠 남자가 물었다.

"우리도 해봐요."

"그림처럼요?"

"네."

"그럼 두 여자분이 벗어보시겠다 이 말씀인가요?"

"아니죠. 뭔가 달라져야죠. 과거를 답습할 순 없으니까요. 21세기 풀밭에 어울리는 그림이 뭘까요? 이 싱그러운 7월의 풀밭에 어울리는 그림 말이에요."

성하는 이렇게 말하며 먹이를 고르는 사마귀처럼 앞에 앉은 두 남자를 번갈아 바라보았다. 그녀의 커다란 두 눈은 호기심으로 커졌다가 미혹의 깜박임을 거쳐 마침내 어떤 확신에 도달한 듯이 보였다. 그녀는 연못의 수면 위에 눈길을 주고 있는 묶음 머리 남자를 바라보다가 쥐색 셔츠의 남자에게로 시선을 이동시키더니 명령하듯 말했다.

"벗어요!"

"네?"

"벗으라고요."

"저한테 하시는 말씀인가요?"

쥐색 셔츠 남자는 당황한 표정으로 물었다.

"네. 아까 카페에서 그러셨잖아요. 복종하는 여자보다는 복종시키는 여자를 찾는다고요. 제가 바로 그 여자예요. 제 말에 복종하셔야겠어요. 그러니 어서 벗으라고요."

"왜 저만……."

"저분한테서는 냄새가 나니까요. 낡은 궤짝에서 나는 고리타분한 냄새 말이에요."

성하가 묶음 머리 남자를 가리키며 말했다. 쥐색 셔츠 남자는 두 손을 불끈 쥐었다. 그 모습은 마치 자신이 낡은 궤짝과는 무관한 사람임을 입증해 보이려는 포즈 같았다. 그는 쭈뼛거리며 셔츠의 단추를 끄르기 시작했다. 셔츠가 벗겨지자 그리 건장한 체격이라고 할 수는 없는 보통 남자의 상체가 드러났다. 성하는 입가에 만족스러운 미소를 지으며 알몸의 상체를 훑어보았다. 짓궂은 표정으로 그녀는 말했다.

"자, 아래도 벗으셔야죠?"

"그건 좀……."

"눈앞을 가리는 검은 보자기의 펄럭임을 멈추게 하고 싶다고 하지 않으셨나요? 그러고 싶다면 제 명령에 따르세요."

남자는 잠시 생각에 잠긴 눈치였다. 그러더니 주춤거리며 일어나 바지를 벗었다. 트렁크 팬티 아래의 다소 허약해 보이는 허벅지와 털이 무성한 종아리가 드러나는가 싶더니 눈 깜짝할 사이에 팬티마저 아래로 벗겨져 내렸다. 남자는 잠시 아무것도 걸치지 않은 채 그대로 서 있었다. 그러더니 풀썩 자리에 주저앉았다.

"짝짝짝!"

성하는 소리를 내며 손뼉을 쳤고 묶음 머리 남자는 애써 외면하듯 연못 저편에 있는 정자의 지붕 쪽을 바라보았다. 알몸의 남자는 웅크린 자세로 말했다.

"제가 조금 전 무슨 생각을 하신 줄 아십니까?"

"자유를 느끼셨을 것 같은데요."

"아니요, 사랑입니다. 용서가 아니라 사랑이란 말입니다."

"네?"

"제가 어머니를 용서하지 못해서 괴로웠던 것이 아니었습니다. 어머니를 지나치게 사랑했기 때문에 그 사랑에 스스로 다친 것이었지요."

성하는 심각한 얘기는 질색이라는 표정을 지으며 찬합 통에서 수박 한 조각을 들어 뾰족한 끝을 한 입 베어 먹었다.

"아이 시원해."

나도 성하를 따라 수박을 한 조각 들었다. 수박은 더위에 짓물러 입안에 들어가자마자 흐물흐물 녹아내렸다.

"자, 이번에는 언니."

성하가 나를 향해 말했다.

"응?"

내가 이렇게 묻자 성하는 "언니가 벗을 차례라고요" 하고는 가까이 다가왔다. 나는 앉은 채로 진땀을 흘렸다. 벗는다. 혼자서는 얼마든지 벗을 수 있다. 그러나 누군가 보고 있다면 그것은 전혀 다른 문제가 된다. 타인 앞에서 벗는 것은 타인의 시선을 견디는 행위가 되는 것이다. 자기 시선이 없거나 나약한 사람은 이것을 견뎌내지 못한다. 결혼 기간 내내 남편이 나를 감시하고 있는 것처럼 여겨졌던 까닭은 내 의식이 남편의 시선에서 자유롭지 못했기 때문인 것이다. 나의 감정과 나의 욕구에 대해 주인인 듯이 군림하려는 타인의 시선……. 그것을 떼어내듯 블라우스 단추를 떼어내고 싶은 충동이 들었다. 그 순간 회의가 밀려왔다. 벗는다는 행위가 타인의 시선으로부터의 자유를 표현해줄 수 있을까? 알몸만으로 자유가 될 수 있을까? 나는 블라우스 맨 아래 단추를 만지작거리며 떨고 있었다. 그때였다.

"추해요."

묶음 머리 남자가 자리에서 벌떡 일어나더니 휙 소리를 내며 돌아섰다. 그는 성큼성큼 돌계단을 향하여 걷기 시작했다. 성하가 묶음 머리 남자의 등을 향해 소리쳤다.

"연꽃은 더러운 진흙탕에서 핀다고요. 여긴 연꽃이 피어나는 연못이고요."

"자, 술이나 마십시다."

쥐색 셔츠 남자가 말했다. 그가 술잔을 드는 순간 빗방울이 듣기 시작했다. 소낙비였다. 빗방울은 금세 굵어졌다.

"이런, 우리의 향연을 하늘에서도 축복하네요."

"저는 달갑지 않군요."

남자는 한옆에 밀어놓은 옷을 끌어당겼다.

"산성비 알레르기가 있거든요."

이렇게 말하며 남자는 옷을 입기 시작했다. 그는 옷을 다 입고 나서도 떨어지는 빗방울에 움찔움찔 몸을 떨었다. 한동안 세 사람은 말없이 연못 위로 떨어지는 소낙비를 바라보며 앉아 있었다. 연못 가장자리 풀밭에서 맞는 소낙비는 장엄했다. 나는 곁에서 뭔가 바스락거리는 소리를 들었다. 온몸에 오싹한 기운이 느껴졌다.

"뱀이 나오지 않을까요?"

밤마다 나를 괴롭히는 꿈을 떠올리며 나는 물었다.

"여긴 없을 거요. 이렇게 비를 맞고 있다간 젖은 생쥐 꼴이 될 테니 일어나야겠습니다."

쥐색 셔츠 남자는 우리가 앉았던 자리를 휘 둘러본 뒤 묶음 머리 남자가 걸어간 돌계단을 향하여 걷기 시작했다.

돌계단 옆으로 감청색 제복 차림의 관리인과 노란 조끼를 입은 안내원이 서 있었다. 그들 뒤로 관람객들이 모습을 나타내기 시작했다. 언성을 높인 관리인의 목소리가 들려왔다.

"아니, 저 사람들 뭐하고 있었던 건가. 임금 처소에서…… 이 무슨 짓들인지……."

"임금이 뭐 백성이 뽑은 임금이었던가요?"

"그래도 그렇지. 정사(政事)를 논하던 곳이련만."

"정사(情事)요? 쳇, 나랏일을 제대로 했다면 지금 우리나라가 요 꼴이겠어요."

"안내원 양반! 관람객이나 잘 챙기고 다니슈. 개인 관람이 금지되어 있는데 저렇게 따로 노는 관람객이 있질 않나, 백주 대낮에 홀딱 벗어젖히질 않나, 말셀세 말세야."

성하는 말다툼하는 안내원과 관리인 사이를 유유히 손을 흔들며 지나갔다.

## 8. 영원한 짝패

그새 소낙비는 그쳤고 하늘은 언제 그랬느냐는 듯이 쾌청하게 맑았다. 우리는 계단을 다 오른 뒤 돌이 박힌 흙길을 걸었다. 5분쯤 내리막길을 걸으니 돌담길이 이어졌다. 돌담 지붕 위로 창덕궁 바깥의 빌라 건물들이 모습을 드러냈다. 돌담 사잇길이 햇빛을 받아 가르마처럼 빛났다. 남산타워가 보이기 시작했고 은회색의 건물이 눈앞을 가로막았다. 저 앞에서 돈화문의 지붕이 언뜻 보였다. 성하는 손바닥을 이마 위에 올려 햇볕을 가렸다.

쥐색 셔츠 남자가 성하에게 물었다.

"성하 씬 오늘 저에게 중요한 여자가 되었습니다. 저를 복종시켰으니까요. 그러니…… 저와 함께 토요일 밤을 보내실래요?"

성하는 망설이지 않고 대답했다.

"사양하겠어요."

"왜죠? 저를 남김없이 벗겨놓고는……."

"토요일 밤은 집에서 보내는 것이 오랜 습관이어서요."

"그럼 제가 성하 씨 집에서 보내는 것은요?"

"그것도 곤란하네요. 집주인이 토요일에 손님이 오는 것을 좋아하지 않거든요."

쥐색 셔츠 남자가 돌담 위로 멋쩍은 시선을 던지더니 문득 물었다.

"몇 살이죠?"

"꺾어진 칠순."

성하가 대답했다.

"전 두 살이 더 적은데."

쥐색 셔츠 남자가 말했다.

"저는 성하보다 두 살 위예요."

내가 말했다. 쥐색 셔츠 남자가 고개를 갸우뚱거렸다.

"그렇습니까? 어쩐지 전…… 우리가 젊다는 생각이 드네요. 20대에는 자신이 무척 늙었다고 생각했는데 말이죠."

"조로한 분도 한 분 계시지요."

성하가 앞쪽을 가리키며 말했다. 성하가 턱으로 가리키는 금천교에는 묶음 머리 남자가 해태상을 손으로 쓰다듬으며 돌난간에 기대서 있었다.

"가신 줄 알았는데."

"괴로워하는 것 같군요. 저는 저분의 괴로움의 동행이 되어드리도록 하죠."

묶음 머리 남자는 우리를 발견하자 후문을 향하여 걷기 시작했다. 쥐색 셔츠 남자가 묶음 머리 남자를 쫓아갔다. 성하와 나는 그 뒤를 따라 천천히 걸었다. 해는 아직도 떨어질 생각이 없는지 창덕궁 너머 빌딩 숲 위에 떠 있었다.

"아주 긴 한나절이네."

내가 성하에게 말했다.

"한숨 달게 자고 일어난 거 같아요."

성하의 얼굴은 낮잠을 자고 난 뒤처럼 개운해 보였다. 나는 조용히 생각에 잠겼다. 성하가 물었다.

"무슨 생각 하세요."

"뱀."

"뱀이오?"

"응. 꿈속에 뱀이 나타나. 한두 마리도 아니고 수십 마리, 수백 마리의 뱀들이 우글거려."

"후후 언니 욕심도 많으셔."

"욕심?"

"뱀이 뭘 뜻하는지 아시잖아요. 하긴 욕망만이 인간을 인간답게 하죠. 제 욕망은 세상의 모든 남자들을 내 안에 담고 싶은 거예요."

"남편은 어쩌고."

"물론 전 누구보다 남편을 사랑해요. 왜냐하면 지속적으로 탐구 가능한 상대니까요."

"그게 가능해? 남편을 사랑한다면서 또 세상 남자들을……."

"왜 가능하지 않죠? 전 아낌없이 사랑하다 죽고 싶어요."

"음. 그게 꼭 남자일 필요가 있을까? 가령 아이를 사랑한다거나 나무를 사랑한다거나 꽃을 사랑할 수도 있는 거 아닐까?"

"왜냐면……, 남자와 여자는 영원한 짝패이니까요."

그때 성하의 가방에서 휴대전화가 울렸다. 휴대전화를 받고 난 뒤 성하의 표정은 잠시 굳었다.

"저, 빨리 가야 해요……. 남편이……."

성하는 황급히 자리를 떴다. 그녀의 뒷모습을 보니 7월의 풀밭에서 앞발을 들고 있는 암컷 사마귀의 푸른 등이 떠올랐다. 다음 사냥감을 위해 머리를 치켜든 채 튀어 오를 준비를 하고 있을 암컷 사마귀. 등을 돌리면 뾰족한 삼각 턱 아래로 수컷 사마귀의 짓이겨진 머리가 대롱대롱 매달려 있을지도 모른다고 생각한 것은 나의 지나친 상상일지도 모른다. 성하가 사랑한 것은 무엇이었을까? 남자? 아니면 남자를 사냥하는 자신의 이미지? 멀어져 가는 성하의 긴 팔다리는 초여름의 태양 아래 흐느적거렸다. 길게 꼬리를 물고 이어지는 차량의 행렬이 흡사 커다란 뱀처럼 달려들었다.

# 린의 수치

지금 내 앞에 린이 있다. 린(鱗). 비늘 같은 여자. 물고기처럼 어깨에서 허리로 완만하게 이어진 곡선, 두 개의 작은 구릉 같은 엉덩이와 미끈하게 뻗은 두 다리 그리고 여전히 매혹적인 발뒤꿈치. 내 시선은 발뒤꿈치의 움푹 파인 부분에 한동안 머물렀다. 린은 하나도 변하지 않았다. 처음 보았을 때처럼 은밀하게 감추어져 있으며 그럼으로써 더욱 안달하게 하는 수줍은 육체. 그 젊은 육체 앞에 나는 얼마나 자주 무릎을 꿇었던가.

"아, 아."

탁하게 가라앉은 린의 목소리가 들려왔다. 눈을 감은 채 상체를 뒤척이며 린은 괴로워하고 있었다. 아니 괴로워하고 있다는 것은 나의 추측일 뿐 그녀는 취기가 불러일으킨 꿈과 몽상에 빠져 있는 것인지도 모른다. 나는 플라스틱 물병에서 물을 한 잔 따라 린의 입에 갖다 대주었다. 비스듬히 몸을 일으켜 세운 그녀는 놀란 표정을 짓더니 곧 물을 마셨다.

"더 줘요."

두 번째 컵은 반쯤 비웠다. 나는 흠집이 많이 나 있는 컵을 탁자 위 쟁반에 올려놓았다. 등 뒤에서 부스럭거리는 소리와 함께 "추워요" 하는 소리가 들려왔다. 나는 옷걸이에 걸려 있는 재킷을 린에게 건네 주었다.

린은 재킷을 어깨 위에 걸친 뒤 양손으로 칼라 부분을 움켜쥐었다. 재킷 안에서 웅크린 자세로 그녀는 한참을 떨었다. 술이 깨어나고 있는 징조였다. 알코올의 기운을 빌린 일탈과 마음의 광란에서 깨어나는 순간이란 얼마나 오싹한 일일 것인가. 나는 안쓰러운 마음으로 린을 바라보았다.

그녀는 변하지 않은 것이 아니었다. 눈 밑에는 다크서클의 흔적이 넓게 퍼져 있었으며 두 눈은 예전의 광채를 잃어버렸다. 린의 홀쭉해진 뺨을 바라보며 그 위로 흘러갔을 어두운 정열과 쾌락의 시간을 잠시 생각했다. 젊음이란 대체로 자진해서 빠져드는 혼란의 시간이 아닐까. 이제 그녀도 서서히 젊음의 내리막길을 걷고 있으리라. 물론 나 자신도 변했다. 그녀를 보지 못하던 사이에 흰머리가 돋아나기 시작했고 아랫배는 나왔으며 피부는 탄력을 잃고 늘어졌다. 늙어가는 육체의 추함. 린 앞에서 농담처럼 했던 말들이 이제는 더 이상 농담만이 아니게 되었다. 그러나 이제 나는 아름다움보다는 추함에 익숙해진 나이다.

"날 그냥 내버려두지 그랬어요?"

린이 말했다.

"녀석들 손에 말인가?"

"그냥 같이 술을 마시고 있었을 뿐인걸요."

"한심한 녀석들."

한 시간 전 나는 시내에 있는 카페에서 엉망으로 취해 있는 린과 그 앞에 앉은 두 남자를 우연히 만났다. 20대 후반으로 보이는 두 남자는 가위바위보를 하고 있었다. 그들은 무엇을 할 작정이었던가. 취한 여자를 앞에 두고 가위바위보를 하면서……. 어쩌면 나의 상상은 지나친 데가 있는 것인지도 모른다. 하지만 늦은 밤 술집에서 벌어지는 상황이란 대개 뻔한 법이었다. 게다가 젊은 여자가 끼어 있는 경우는 더 말할 나위가 없었다.

"짓궂긴 하죠."

"린, 넌 너무 취해 있었어."

"아, 그래요. 뭐 어때요? 어느 시인도 그랬는걸요. 취하는 것은 장엄한 일이라고요."

"장엄?"

"네."

"넌 기껏해야 자기를 방기하는 것뿐이야. 멀쩡한 정신으론 안 되니까 취기를 빌려서 자신을 함부로 굴릴 뿐이지."

나는 어느새 힐난하는 어조가 되어 있었다. 학생을 나무라는 선생의 티를 도대체 언제 벗어날 수 있을까? 완고한 도덕주의자. 린에게 비칠 내 모습을 떠올리는 일은 그리 유쾌하지 않았지만 나는 쉽게 예전의 습관으로 돌아가 버리고 말았다. 린이 써온 시를 읽으며 인생을 논하던 그 행복한 시절의 습관으로 말이다.

"잊었어?"

린이 멈칫하는 것이 느껴졌다. 한 방의 타격만으로도 바스러지기 쉬운 그녀의 내면이 손에 잡힐 듯이 느껴졌다. 그것은 어쩌면 지나친 흠모에서 나오는 결벽증 탓일지도 모른다. 나는 온몸에 번지기 시작하는 쾌감을 지그시 누르며 덧붙였다.

"린은 아직 정식 시인도 아니잖아."

"그래요. 난 아무것도 아니에요."

린은 뾰로통한 목소리로 대꾸했다. 사실 나로서는 그렇게 말해서는 안 되었다. 제도나 인정 절차는 중요하지 않다고 부추겼던 것은 내가 아니었던가.

"아무것도 아닌 건 아니야."

나는 린의 어깨를 다독이며 말했다.

"하지만 무엇인가 되기 위해서는 자기 안의 재능을 아낄 줄 알아야 해."

린은 풀이 죽은 듯했다. 그녀는 잠시 말없이 앉아 있었다. 그러다가 곧 몸을 비틀며 기지개를 켰다. 그 바람에 우윳빛 속살과 배꼽이 살짝 모습을 드러냈다. 린이 재킷을 다시 걸쳐 입자 그 매혹의 속살은 재킷 아래 어둠 속으로 사라져버렸다. 나는 조금은 안타까운 심정으로 린을 바라보았다.

"아."

린이 입맛을 다시며 가벼운 신음소리를 냈다.

"물 더 갖다 줄까?"

"아뇨. 그보단 술 한잔 더 했으면."

"이제 그만 마시지."

"그러지 말고 한잔해요. 우리 오랜만이잖아요."

그 순간 나는 린의 눈빛을 보았다. 저 눈빛. 깊고 어두운 수심을 간직하고 있는 저 눈빛. 처음 린을 만났을 때 그랬던 것처럼 그 눈빛이 무서운 흡인력으로 나를 빨아들이려 하고 있었다. 나는 하는 수 없다는 심정으로 탁자 위에 있는 인터폰을 들었다. "맥주 말고 소주요." 린은 내선번호를 누르는 내게 말했다. 주문을 마치고 인터폰을 내려놓자 린이 자리에서 일어나 화장실 안으로 들어갔다. 내 머릿속에는 다시 한 번 린의 나신이 그려졌다. 사춘기 소녀처럼 작은 가슴과 수태의 기억을 갖지 않은 배와 무성하고 기름진 거웃……. 얼굴과 눈빛은 상했을지라도 린의 몸은 아직 젊었다. 비틀거리며 걷는 그녀의 뒷모습을 보면서 나는 이유를 알 수 없는 통증을 느꼈다. 열려 있는 문틈으로 양변기에 털썩 주저앉는 소리와 함께 배뇨 소리가 들려왔을 때 나는 내 통증의 실체를 깨달았다. 그것은 다름 아닌 욕정이었다.

10분쯤 후에 노크 소리가 들려왔다. 소주 두 병과 마른안주가 담긴 쟁반이 살짝 열린 문틈으로 건네졌다. 나는 두 개의 잔에 소주를 따랐다. 물끄러미 바라보다가 린이 물었다.

"우리 얼마 만이죠?"

"정확히 3년 13일."

"3년 13일이라. 날짜까지 헤아리고 있으시다니 여전하네요."

"으응."

그것은 린과의 첫 밀회가 있던 날부터 시작된 습관이었다. 12시간 8초, 36시간 15분, 47시간 26분 7초……. 린과의 만남의 시간은 초 단위까지 헤아리던 것에서 차츰 일 단위로 기억되었고, 일은 월로, 월은 연으로 바뀌었다. 나는 모든 것을 기록해두고 싶었다. 그렇게라도 하지 않으면 모든 것이 내게서 빠져나가 사라져버릴 것만 같아 두려웠다. 사랑을 잃을까, 아니 시간이 모든 것을 허망한 것으로 돌려놓을까 두려워했던 시절. 문자의 발명이란 결국 이런 망각의 두려움에서 비롯된 것이 아니었을까.

"다신 못 보는 줄 알았어."

"이렇게 만났잖아요?"

"그것참."

눈앞에 가위바위보를 하던 사내들의 얼굴에 번득이던 탁한 눈빛이 다시 한 번 떠올라 나는 얼굴을 찡그렸다. 린은 소주잔을 가볍게 들어

한 번에 다 비웠다. 나는 그녀의 빈 잔에 다시 한 잔을 따라주었다.

"천천히 마시지."

그러나 린은 대꾸도 없이 또 한 잔을 마셨다. 그제야 나는 내 앞에 놓인 잔을 들어 한 모금을 삼켰다. 목구멍이 화끈거렸고 입안에는 곧 씁쓸한 맛이 감돌았다. 나는 여전히 이 씁쓸한 맛에 익숙해지질 않았다. 린과 만나던 지난날에도 기껏해야 소주를 마시는 린 앞에서 두어 잔의 맥주나 포도주를 마실 뿐이었다. 하긴 나는 술을 마시는 것이 아니라 술을 마시는 린을 내 두 눈에 담아두고 싶었던 것인지도 몰랐다.

8년 만에 학위를 마치고 처음 출강하게 된 D 대학의 분위기는 내게 너무 낯설었다. 모든 것이 내가 대학을 다니던 저 험난한 시대와는 달랐다. 대학생들은 젊고 발랄했으며 그들의 얼굴에 수심을 드리우는 것이라곤 취업이나 학점일 뿐이었다. 토익 강좌니 댄스 동아리 모집을 알리는 현수막이 나부끼고 있는 캠퍼스를 오르내리면서 나는 시대의 변화를 느꼈다. 그렇다고 비감에 잠긴 것은 아니었다. 무엇보다 이제 내게도 대학은 생존의 장이 되어버린 것이다. 간신히 학위에 통과했던 일제강점기 카프 문학에 대한 연구보다는 학술적이고 실용적인 글쓰기 지도가 내게는 더 유용했다. 미래를 내다보는 자는 과거의 영광이 사라지는 것을 두려워하지 않는다. 나는 종종 그런 시시한 말을 읊조림으로써 낯선 분위기에 적응하는 자신을 합리화하곤 했다.

4월의 어느 날 나는 강의를 마치고 학과 동에서 내려오고 있었다.

잔디밭에서는 봄꽃들이 다투어 피어나고 있었다. 희고 붉고 노란 색색의 꽃들과 이제 막 돋아난 연둣빛의 어린 나뭇잎들이 살랑거리는 캠퍼스를 배경으로 머리에서 발끝까지 검은색으로 차려입은 여자가 걸어오고 있었다. 검은 폴라에 얼굴을 묻고 어디선가 세찬 바람이라도 불고 있는 듯이 양팔을 꼭 낀 채 그녀는 정문이 있는 쪽과는 반대쪽으로 거슬러 올라가고 있었다. 얼핏 스치면서 보았던 눈빛……. 아, 그 느낌을 뭐라 말할 수 있을까? 한순간 떠오른 단어는 고립이었고 세상에 대한 거부였다.

나는 얼마 지나지 않아 내가 스쳐 지났던 여학생의 이름이 린이며 검은 폴라로 불린다는 것을 알았다. 그녀가 검은 폴라만을 입고 다녔기 때문이다. 그 이유에 대해 들려오는 말은 여러 가지였다. 빨래하기를 싫어하는 게으름 때문이라고도 했고 나이에 대한 콤플렉스의 표현이라고도 했다. 린이 사랑했던 남자가 검은 폴라를 즐겨 입었는데 그 남자한테 버림을 받은 후부터 그 옷을 입기 시작했다는 말도 떠돌았다. 가장 악질적인 소문은 검은색이 남자를 유혹하기에 적합한 옷이라는 것이었다.

린을 처음 봤을 때의 강렬했던 느낌은 곧 바쁜 학사 일정에 묻혀 잊혀졌다. 그러다가 다시 린의 이름을 떠올리게 된 것은 학기 말 즈음이었다. 그녀는 낮은 출석률과 부실한 시험 성적으로 교수들 사이에서 골치 아픈 학생의 대명사가 되어 있었다. 재학 연한을 다 채운 린을 내버려두면 제적이 되고 구제하자니 그녀의 무성의함이 괘씸하다는

데 교수들의 딜레마가 있었다. 나는 교수회의에서 틈나는 대로 린을 옹호했다. 한 젊은이의 미래가 걸려 있는 문제다. 대학을 입학할 정도의 학습 능력이라면 된 거 아니냐. 학점이란 단지 격식에 불과할 뿐이다. 그러한 린에 대한 나의 옹호가 훗날 내 부정의 증거가 될 줄 누가 알았을까.

"세상에서 가장 투명한 게 뭔 줄 알아요?"

무릎을 세우고 그 위에 머리를 기대고 있던 린이 내게 물었다. 손가락으로 방바닥을 가볍게 두드리며 상념에 젖어 있던 나는 방심한 상태에서 깨어났다. 한때 린의 입술은 조가비처럼 꽉 다물린 채 여간해서는 열리지 않았다. 언젠가는 만나서 헤어질 때까지 일곱 시간 동안 한 차례도 입을 열지 않았던 일도 있었다. 그때 린에게서 무슨 말인가 나오게 하기 위해 나는 얼마나 안달했던가. 또 그 안달을 내심 얼마나 즐겼던가. 그런데 이제 그녀는 지나치게 스스럼이 없었다.

"글쎄."

"생각해봐요."

"모르겠는걸."

"새벽에 마시는 소주예요."

"그건 술꾼들 입에서나 나올 법한 말인데?"

술꾼으로 몰고 가서 놀려볼 작정이었지만 린은 내 말에 그다지 신경 쓰지 않았다.

"어느 새벽의 일이었어요. 창으로는 막 새벽의 푸르스름한 기운이 번지고 있어요. 몸은 피로에 젖어 꼼짝하기도 싫고 밤새워 골똘히 젖어보던 생각도 더 이상의 진전이 없어요. 그런데도 날은 밝아와요. 도저히 말짱한 대낮을 맞을 수가 없을 거 같은데 환한 대낮이 조금씩 다가오는 게 느껴져요. 그럴 때 어떻게 해야 할까요? 이 세상을 살아볼 마음이 하나도 없을 때, 순간순간 죽음에 대한 유혹만이 강렬하게 나를 사로잡을 때 말이에요."

"대체 무슨 일이 있었던 거야?"

"전날 수술을 받았어요."

"수술?"

"네, 중절수술이요."

그 순간 나는 묘한 감회에 사로잡혔다. 오래전 산부인과 대기실에서 린을 기다리던 기억이 내 마음을 어지럽히고 있었다. 그때 나의 심정은 뭐라 말할 수 없이 착잡했고 그러면서 또한 달콤했다. 미래에 대한 걱정과 동시에 솟구치는 이상한 희열감. 린은 임신이 아니었다. 20여 분 후 그것을 알게 되었을 때 나는 안도보다는 실망을 느꼈다. 린은 그 이후로 누군가의 아이를 가졌던 것이다.

"소주를 마시기 시작했어요. 병째 들이켰죠. 식도에 타는 듯한 통증이 퍼지다가는 그대로 배 속까지……. 그러자 갑자기 모든 것이 투명해지는 거예요."

"린!"

나는 더 이상 참을 수가 없었다. 그러나 차마, 누구의 아이였냐고 묻지는 못했다.

"몸을 생각해야지. 그런 몸으로 소주를 마시다니……."

그러자 린은 비웃는 듯한 눈빛으로 나를 바라보았다. 마치 그렇게 소주라도 들이켜지 않았다면 견뎌낼 수 없었다는 듯이. 그러고는 토해내듯 말했다.

"그의 아이였어요."

"그라면? 크렘린?"

"네."

"그랬었군."

나는 고개를 끄덕거렸다. 결국 린은 그에게서 벗어날 수 없었던 거라고 생각하는 순간, 온몸에 힘이 빠졌다.

12월 중순이었던 그날은 종강 파티가 열리던 날이었다. 차이나 레스토랑의 커다란 룸 안은 제법 홍이 돋아 있었다. 열대여섯 명의 학생들과 시인이자 주임교수인 차 교수와 나는 웨이트리스의 서비스로 타원형 탁자 위에 놓인 몇 가지 요리를 먹으면서 웃고 떠들어대고 있었다. 때에 전 낡은 벽지와 홈이 파인 앉은뱅이 탁자와 안주라고는 짬뽕 국물이 전부였던 그 옛날의 중국집을 떠올려 감회에 젖어본들 무슨 의미가 있을까. 그러나 맥주 한 잔에 시야가 어릿어릿해진 나는 자신이 한낱 원숭이로 전락한 느낌을 떨칠 수가 없었다. 교수는 더 이상

권위의 상징이 아니었다. 선택권은 이제 학생들에게 있었다. 그즈음 유행하는 개그 용어를 하나라도 더 써먹으면서 나는 학생들의 환심을 사려고 애쓰고 있었다. 젊은 문화와 함께하려는 의욕이라고 나 자신을 두둔하면서. 나의 노력은 그다지 성공적이지 않았다. 게다가 곧 있을 학생들의 강의평가가 내 무의식에 도사리고 있다는 사실을 깨달은 순간 나는 걷잡을 수 없는 모멸감에 휩싸이고 말았다. 자리를 박차고 나오고 싶었지만 그래서는 안 되었다. 나는 맥주를 한 잔 들이켰다. 그때 한구석에 있는 듯 없는 듯 앉아 있는 검은 폴라가 눈에 들어왔다. 린이었다. 둘 셋씩 짝을 지어 웃고 떠드는 그 자리에서 아무도 말을 건네지 않았고 또 그녀 자신이 누구와도 대화를 나눌 마음이 없는 것 같은 자세로 앉아 있었다. 거부하는 동시에 거부당하고 있는 자. 그 순간 나는 왜 린을 나와 동류로 묶어 생각했을까.

차 교수의 주도로 종강 파티는 2차로 옮겨졌다. 학교 주변의 골목에 위치한 작은 술집에 도착했을 때 학생들은 여섯 명으로 줄어 있었다. 구석 자리에 앉은 뒤에야 나는 맞은편에 린이 있다는 것을 알았다. 맥주잔이 날라져 오고 과일이며 치킨 같은 안주가 테이블을 채우기 시작했다. 내내 말없이 앉아 있던 린은 두리번거리며 딱 한 번 이렇게 말했을 뿐이다. "소주는 없나요?" 너무 작은 소리로 말했기 때문에 그녀의 말은 곧 묻혀버리고 말았다. 재담에 능한 차 교수 덕분에 좌중은 웃음의 도가니였다. 나처럼 어쩌다 주워들은 개그 한 토막을 들려주는 것이 아니라 스스로 익살 그 자체가 되어버리는 희극 시인의 경지. 희끗희끗한 머리에도 불구하고 천진한 어린아이 표정을 짓고 있는 차 교수를 나는 경탄하는 마음으로 바라보았다.

린은 웃지도 않았고 더군다나 대화에 참여할 생각은 아예 없는 듯이 보였다. 검은 폴라에 자신의 얼굴을 반쯤 묻어두고 잔뜩 웅크린 자세로 그녀는 이따금 생각났다는 듯이 잔을 기울였다. 웃음소리와 떠들썩한 소란이 린 앞에 와서는 소리 없이 부딪쳤다가는 흔적 없이 사라지고 있었다.

밤이 빠른 속도로 깊어갔다. 내가 잠시 의자에 기대어 눈을 감았다가 떴을 때 주위는 온통 깜깜했다. 차 교수도 학생들도 모두 없었다. 테이블 위에 나뒹굴고 있는 빈 술병과 꽁초가 수북한 재떨이의 어슴푸레한 윤곽이 차츰 눈에 들어왔다. 지끈거리는 두통을 느끼며 자리에서 일어서려는데 바로 옆에 누군가 웅크리고 있는 것이 보였다. 린이었다. 그 순간 나는 어떤 무서운 정열에 사로잡히고 말았던 것일까. 다짜고짜 린을 한구석으로 몰고 가서 미친 듯이 입을 맞추었다. 그리고 몇 번이나 사랑한다고 말했다. 취기와 몽롱한 정신 속에서 사랑한다는 말은 거의 강박적으로 튀어나왔다. 처음 아내에게 프러포즈를 하던 순간과 비슷했다. 노동자들의 글 쓰는 모임에서 만난 아내가 어느 날 동네 치한들에게 집단 강간을 당했다는 사실을 알았을 때 그때도 나는 무조건 사랑한다고 말했다. 너와 결혼하겠다고. 평생 너의 상처를 어루만져 주겠다고. 그것은 무엇이었을까? 연민? 시대적인 의무? 혹은 어떤 허영이었을까? 그러나 린의 경우는 달랐다. 그것은 일종의 동류의식이었으며 무엇보다도 본능이었다. 지옥이라도 좋아! 자, 어디로든 함께 가자꾸나! 동트기 전 술집을 나올 때 나는 격정을 못 이기고 중얼거렸다.

그로부터 세 시간 후쯤 도착한 저수지 선착장의 2층 카페는 아직 손님을 맞을 준비가 되어 있지 않았다. 갈색의 어둑하고 희붐한 실내, 무엇인가 발효된 듯한 시큼한 냄새, 테이블 위에 올려진 의자들, 대걸레를 들고 서성거리는 어린 웨이터……. 반쯤 열린 창문으로 햇빛이 적나라하게 쏟아져 내리고 있었다.

나는 창문 쪽 테이블로 가 자리를 잡았다. 창문으로 저수지의 잿빛 물살이 뒤척이는 것이 내려다보였다. 바다를 막아 옴짝달싹할 수 없게 가두어버린 이곳에 와서 어쩌자는 것일까? 한동안 나는 아무 말도 할 수 없었다. 맞은편에 앉아 있는 린을 힐끗 엿보았다. 방심한 듯한 그녀의 표정에는 자신에게조차 냉담한 것 같은 철저한 무관심이 어려 있었다. 나는 문득 4월의 어느 날 강의가 끝날 무렵 보았던 린의 모습이 떠올랐다. 봄날의 환한 기운을 필사적으로 막아내려 하는 것 같던 그녀의 검은 옷.

"린, 그때 어딜 그렇게 갔던 게야?"

"언제요?"

"강의가 끝날 무렵 말이야. 늘 학교 뒤쪽으로 걸어가던데?"

린은 그 후에도 여러 번 강의를 마치고 내가 정문 쪽으로 내려가고 있던 무렵 나와는 반대 방향으로 올라가고 있었다.

"뒤쪽에 있는 산에 올라가다 보면 작은 공터가 있어요."

"공터라고?"

"네. 거기서는 제법 멀리까지 내려다보여요. 교도소가 있는 K시까지도."

K시의 교도소라면 나도 잘 알고 있었다. 시국사건으로 구속된 대학생들은 주로 K시의 교도소로 수감되어 감방마다 학생들이 들끓고 있던 시절이었다.

"거기 누가 있는 게야? 단순한 선배? 아니면 애인?"

"그게……."

린은 무언가 말을 못 하고 머뭇거렸다.

"애인인가 보군."

그렇게 말하면서 나는 창밖으로 시선을 돌렸다. 날은 조금 흐려서 금방이라도 눈을 뿌려댈 것 같았다. 저수지 한구석에 떠나지 못하고 정박해 있는 작은 배들이 이리저리 흔들리는 것이 보였다. 나는 얼마간 감정이 뒤틀리는 것을 느꼈다. 그도 그럴 것이 나의 청년기는 잿빛이었다. 누군가를 좋아하고 사랑한다는 것 자체가 사치스러웠다. 내가 할 수 있는 일이라고는 기껏해야 종이 위의 활자를 사랑하는 일뿐이었다. 아니, 시대 탓이라고 할 수도 없었다. 안타깝게도 나의 외모는 여자들의 주목을 받지 못했던 것이다.

"아니에요."

그때 린의 나직하면서도 단호한 목소리가 들려왔다. 그 순간 겨울

하늘 아래 음울하게 뒤척이고 있는 물살처럼 어떤 예감이 내게로 흘러들어 왔다. 린, 지금껏 나는 이런 날을 기다려왔어. 너에겐 물론 어떤 사연이 있겠지. 그러나 나는 그것을 알려고 하지 않겠어. 나 또한 짐작할 만한 일이니까. 아마도 그건 너의 의지 밖의 일이었을 거야. 마치 나의 결혼이 그랬듯이. 저수지 위를 날고 있는 갈매기들의 구슬픈 울음소리가 들려왔다. 낭만적인 허무의 감정이 나를 사로잡았다. 린, 네 앞엔 지금 내가 있어. 지금 중요한 것은 이거야…….

바람 소리가 들려왔다. 먼바다에서, 몰아내려고 애를 써도 다시 되돌아오는 파도처럼, 그 끈질긴 파도의 되새김처럼 바람 소리가 들려왔다. 밖에서 나는 소린가 귀 기울여보면 유리창에는 까만 어둠뿐 아무 소리도 들리지 않았다. 나는 귓가에서 울리는 환청을 애써 털어냈다. 처음 린을 만날 때 느꼈던 어두운 정열이 아련한 통증과 함께 가슴 아래쪽에서 올라오고 있었다.

"그래, 요즘도 시를 쓰고 있어?"

린은 병따개로 새 소주병을 따는 중이었다.

"아뇨."

"왜지?"

"재능이 없잖아요."

"엉뚱한 데 낭비하고 있으니 그런 거야."

"낭비라고요?"

“그렇지. 이런저런 데에 쓸데없는 호기심을 갖고 세상의 모든 데에 자신을 흩뿌리고 있는 거라고.”

“해마다 수십 명의 시인이 쏟아져 나오고 있어요. 거기에 나 하나를 더해본들 뭐가 달라지겠어요.”

“그런 소리 마. 셰익스피어 뒤에도 수만 명의 미지의 셰익스피어가 있었어.”

“요즘의 시는 두 가지 중 하나예요. 혼잣말하듯이 중얼거리거나 아니면 광고나 캠페인의 좋은 장식 문구가 되어주거나.”

“말이 지나치군.”

그렇게 말하기는 했어도 나는 린의 말이 심하다고 생각하지는 않았다. 지나치게 단순화시키고 있기는 하지만 말이다. 그러나 오늘날 시적 빈곤의 책임은 그 많은 시인들에게 있다기보다는 이 사회의 지나친 물질적 풍요에 있다고 믿고 있었다. 린은 소주병을 흔들며 말했다.

“제겐 이게 시예요.”

그날 국도에서 충동적으로 택시를 세웠을 때 린은 아무 말도 하지 않았다. 호텔의 2층 온돌방에 들어가서도 린은 문 옆에 쪼그리고 앉아 있을 뿐이었다. 처음에는 단지 온돌방에 누워서 피로를 달랠 생각이었다. 내가 알고 있는 오래된 시들을 떠올리면서 낭만적이고 허무한 감정의 사치를 한껏 누려볼 작정이었던 것이다. 그러나 쪼그리고 앉아 있는 린의 몰골, 검은 폴라를 입은 채 한껏 웅크린 린의 자그마

한 몸을 보았을 때 나는 강렬한 흡인력으로 자신을 빨아들이는 늪을 느꼈다. '아, 이 아이는 내가 가르치는 학생이야'라는 생각이 떠오른 것은 이미 섹스가 끝난 뒤였다. 다행히 린은 처녀가 아니었다. 학생이라고는 해도 애송이 학생들과는 뭔가 다르다는 사실이 그나마 내 무분별한 섹스의 합리화가 되어주었다.

처음 옷을 벗겨낼 때도 섹스가 벌어지고 있는 상황에서도 그리고 다 끝난 뒤에도 린은 아무런 반응이 없었다. 거부하는 것도 아니고 달게 받아들이는 것도 아닌 무방비의 상태라고나 할까. 그러나 섹스가 끝난 뒤 린의 얼굴에는 깊은 그늘이 패어 있었다. 그 후로도 여러 번 린은 비슷한 반응을 보였다. 봄비가 내리는 어느 날 교외의 한 오래된 여관에 누워 나는 린에게 물었다.

"후회하니?"

"아뇨."

"아무 걱정하지 마. 모든 건 내게 책임이 있으니까."

"걱정 때문이 아니에요. 단지……."

"단지 뭐지?"

"수치심 때문에……."

나는 손을 내밀어 린의 이마 위 머리카락을 뒤로 넘겼다. 나의 굵고 투박한 손가락이 린의 창백한 뺨의 곡선을 따라 내려갔다. 준비되지 않은 상태에서 육체적 관계를 맺은 여자의 심리적 도달점은 수치심이다. 게다가 상대는 키가 작고 못생긴 학교 선생이 아니던가. 나는 린의 심정을 이해했다. 할 수만 있다면 수치심으로 얼룩진 린의 마음을 어루만져 주고 싶었다. 그러나 내가 린의 손을 잡으려 했을 때 그녀는 살며시 손을 뺐다.

"선생님도 제가 어떤 아인 줄 알면 수치스러울 거예요."

"무슨 소릴."

"틀림없어요. 그럴 거예요."

"왜 그렇게 생각해?"

그렇게 묻자 린은 나를 노려보는 듯이 한참을 바라보았다. 린의 가느다란 눈썹에 파르르 경련이 일기 시작했다. 그러더니 눈가에 촉촉한 물기가 맺혔다. 나도 모르게 린의 손을 잡았다.

"내게 자격이 없다는 건 알아."

"아니에요. 선생님 탓이 아니에요. 저에게는 원래부터 그렇게 뜨겁고도 걷잡을 수 없는 피가 흐르고 있는 거예요. K시 교도소에 누가 있느냐고 물으셨죠? 거기에 크렘린이란 정치범이 있어요. 그는 제가 속해 있던 정치 서클의 리더였는데 나중엔 저와 가까워졌어요. 하지만 이제는 과거의 일이에요. 저는 더 이상 그를 만나지 않으니까요."

"왜 그를 만나지 않지?"

"그는 도무지 속을 알 수 없는 사람이에요. 크렘린이란 별명도 그래서 붙었죠. 현실에 대한 이러저러한 탁월한 견해를 내놓기는 했어요. 하지만 그는 냉혹했어요. 저는 그에게 뭔지 모를 억압을 느끼곤 했죠. 그가 신념에 차 있고 올바르다는 생각은 하지만 늘 그 앞에만 서면 숨이 막히는 거예요. 견디다 못해 그를 떠날 생각을 했죠."

나는 딱히 누구를 향해서인지 모르게 혀를 찼다.

"사방에서 저를 향한 비난의 화살이 쏟아졌어요. 그의 친구들, 그의 동지들, 어느 쪽이든 제가 그를 떠나는 것은 옳지 못한 일이라고 여겼어요. 저에게는 연인에게 등을 돌린 배신자, 대의명분을 어긴 변절자라는 딱지가 붙었어요. 제 친구들조차도 저를 비난했어요. 어찌 됐든 관계가 끝까지 유지되어야 한다고 생각했던 거죠. 지금 와서 관계를 끊는 건 정조 관념이 없는 거라나요. 아무래도 좋았어요. 저는 자유롭고 싶었으니까요. 인생이라는 넓은 벌판에서 다양한 삶의 빛깔에 취해보고 싶었던 거예요."

"그래서?"

"새로운 사람들을 만나려고 노력했지요. 그러나 그럭저럭 사이가 가까워져 친밀한 사람들 사이에 있기 마련인 마지막 얇은 껍질 앞에 다다르게 되면 자신도 모르게 움츠러들고 말았어요. 어느새 비밀로 들어앉은 저의 과거, 제 안의 수치심, 자유를 위해 사랑하는 사람을 등졌다는 뼈아픈 죄책감이 저도 모르게 사람들과 제 사이를 싸늘하게 갈라놓고 마는 거예요."

"으음" 하고 나는 고개를 끄덕였다.

"검은 폴라를 입기 시작했어요. 그 안에 웅크리고 있으면 편안했어요. 사람들은 검은 폴라를 입은 저를 보면 '아, 저 여자는 뭔가 있구나' 하면서 처치 곤란한 쓰레기를 대하듯 한 번 쳐다본 뒤에 피했어요. 저는 어디에도 끼어들 수 없어요. 그와 함께했던 사람들 속으로도 또 새로운 사람들 속으로도요. 결국 고립이 제 운명이 되리라는 사실을 알고 있어요."

그렇지 않아. 고립은 운명이 아니야, 스스로 자초하는 게지. 나는 부드러운 눈길을 린에게 던졌다. 린의 머리칼과 어깨와 등은 얼마나 매끄러운가. 푸른 바다를 유영하는 물고기처럼 부드러운 등 안쪽에 그토록 강한 혼란이 숨어 있다니. 그러나 때로 혼란은 얼마나 풍부한 시적 자양분이 되던가 말이다. 몸을 뒤척일 때마다 햇살에 부서지는 오색찬란한 빛깔의 비늘처럼 내게는 린의 혼란이 눈부시기만 할 뿐이었다.

"린."

나는 린의 등을 쓸어내리며 말했다.

"시를 써보도록 해."

그 무렵 린은 새로운 교칙의 통과로 가까스로 졸업이 1년 유예되어 있었다. 나는 1년 동안 린의 시적 작업의 조언자가 되어주겠다고 결심했다.

"넌 벗어날 수 있을 거야."

린이 알 수 없다는 표정을 지으며 내 얼굴을 빤히 바라보았다.

"검은 폴라에서 넌 자유로워질 수 있어."

나는 확신을 가지고 말했다.

"틀림없어."

그로부터 1년 가까이 린과의 밀회가 이어졌다. 나는 어두운 시대에 결박당했던 내 청춘의 정열이 뒤늦게 불붙고 있음을 느꼈다. 강의 중간에 다른 학생들 틈에 앉아 있는 린의 얼굴을 바라보는 것이 이따금 고통스럽기는 했지만 그것은 이른바 양심의 통증과는 다른 것이었다. 나는 그 시기에 모든 것을 사랑했다. 내 아내, 내가 언제나 성실과 신의와 책임감과 보호자연하는 자세로 대해왔던 아내에게도 나는 깊은 사랑을 느꼈다. 만일 아내가 내게 물어온다면 이렇게 말해줄 작정이었다. 여보, 난 요즘 시에 빠져 있어.

시란 무엇인가? 영혼의 흐느낌, 사라져가는 것에 대한 애도, 자주 쓰러지는 자의 꿈이었던가? 아니면 골리앗 위에서 나부끼는 깃발, 국경을 가로지르는 반전의 물결, 이주노동자의 부르튼 입술이었던가? 아니, 아니, 내게는 린이었다. 린이 갈아입은 연둣빛 스웨터였고, 수치심이 씻겨나간 말간 얼굴이었고, 내 곁에서 종종걸음을 치는 린의 사랑스러운 발걸음이었다.

린은 검은 폴라에서 해방되었다. 나는 그렇게 믿고 싶었다. 린과 함께했던 소주 두 병과 맥주 한 병 그리고 이어지던 민박집이며 여인숙이며 호텔이며 모텔 그리고 해안 기슭이 아름다운 해변과 전나무가 우거진 숲 속에 있는 작은 암자에서 나는 그것을 느꼈다. 린의 몸은 점점 대담하게 자신을 표현하고 있었던 것이다. 물론 린은 처음 연구실에 자신이 쓴 시를 갖고 온 이래로 만날 때마다 자신이 쓴 시의 초고를 내밀었다. 그것들을 말하자면 형편없었다. 아니 시적 형식을 갖추기 이전의 혼란스러운 내면을 거칠게 드러내고 있었다. 린 자신의 변화를 따라가기에 그녀가 갖고 있는 언어는 아직 가다듬어지지 않았던 것이다. 그녀는 이따금 몹시 초조해했다. 린은 모르고 있었다. 자신이 갖고 있는 언어가 아니라 그녀 자신이 시적 발광체라는 것을.

린이 졸업을 앞둔 어느 날, 내가 기말고사 성적을 내느라고 연구실에 머물러 있을 때 머리를 노랗게 물들인 남학생 하나가 들어왔다.

"이제 그만하시죠."

노란 머리는 다리를 건들거리며 책상 앞에 앉은 나를 내려다보면서 말했다. 나는 컴퓨터에 성적을 입력하다 말고 그를 올려다봤다.

"순진한 여대생을 언제까지 갖고 놀 건가요?"

"무슨 말을 하는 건가?"

"린이 내게 말해주었죠. 교수님이 성적을 미끼로 자신을 놓아주지 않는다고 하더군요."

나는 노란 머리의 얼굴을 빤히 바라보았다. 노란 머리 아래의 널찍한 이마에는 여드름의 흔적이 아직도 남아 있었다. 내 강의를 듣는 학생일까? 그런 것 같지는 않았다. 염색한 머리카락이 철사처럼 사방으로 뻗어나간 머리를 한 학생이라면 단 한 번의 출석으로도 기억에 남았을 것이다.

"여긴 연구실이야. 나가주게."

나는 위엄을 가장한 점잖은 목소리로 말했다.

"물론 저도 이 고리타분한 방에 오래 있고 싶진 않죠. 그렇지만 명심하셔야 합니다. 대학 내 성추행에 대한 경각심이 높아지고 있는 시절인 걸요."

나는 무례한 또한 교양이라고는 눈곱만큼도 찾아볼 수 없는 남학생을 향해 소리쳤다.

"어서 나가주게."

"네, 네, 나가죠. 하지만 명심합쇼."

노란 머리는 손바닥을 칼처럼 펴서 자신의 목을 그어 보이며 말했다.

"이렇게 될 수도 있다는 것을요."

내게 적지 않은 파장을 일으킨 일이었지만 학기 말의 성적 처리로 바쁜 일정 속에서 나는 한동안 그 일을 잊었다. 캠퍼스는 대부분 종강을 해서 텅 비어버리다시피 한 상태였다. 린 또한 내 앞에서 모습을 감추었다. 과 학적부에서 린의 주소를 알아냈지만 내가 힘들게 찾아갔을 때 그곳에 린은 없었다.

나는 교수 재임용 심사를 일주일 앞두고 차 교수의 호출을 받았다. 차 교수는 린과의 일을 알고 있었다. 여러 날 전에 학생회관 앞에 붙은 대자보에 성추행의 장본인으로 내 이름이 정확하게 적혀 있던 것을 이미 학교 당국과 방학 중에도 학교에 나온 학생들이 보았다고도 했다. 대자보는 하루 만에 수거되었지만 더 험한 꼴을 당하기 전에 다른 학교를 알아보라는 것이 차 교수의 충언이었다. 젊은 날 숱한 연사의 주인공이었던 차 교수는 반백의 머리를 흔들며 중얼거렸다. "세상 참 많이 달라졌지."

결국 나는 D 대학의 재임용 심사에서 제외되었을 뿐만 아니라 서울의 어느 대학에도 이력서를 내밀지 못했다. 동쪽 끝에서 남쪽 끝으로 고속도로와 지방 국도를 달리는 황폐한 유랑 생활 끝에 간신히 전임 자리를 얻은 것은 서울에서 멀리 떨어져 있는 지방 대학에서였다. 린을 보지 못하던 지난 3년간 나는 린을 증오했다. 증오하고 또 증오하고……, 증오란 좌절된 사랑에 다름 아니라는 사실을 그때 알았다. 그리고 증오하면 할수록 나의 기억은 더욱더 집요하게 증오의 대상인 린에게 달라붙었다.

기억의 쓰라림에서 벗어나게 되는 것은 언제일까? 우리가 지나간 시절을 저 어두운 망각의 심연으로부터 다시 불러낼 때, 그 사실이 고통스러운 감정을 동반하지 않고 사실 자체로만 떠오르게 되는 것은 언제쯤일까? 나는 노란 머리와 그 이후에 일어났던 일을 떠올릴 때마다 격렬한 마음의 고통에서 벗어날 수가 없었다. 그럼에도 도무지 알 수 없는 일은 린에 대한 나의 사랑이었다. 그것은 지금까지 변하지 않았다. 사랑이라고? 아니 어쩌면 그것은 린을 향한 어떤 모호하고 불가해한 감정인지도 몰랐다.

"린."

나는 낮은 목소리로 린을 불렀다.

"궁금한 게 있어."

"말씀하세요."

"노란 머리의 남학생, 기억해?"

술잔을 집어 들려다 말고 린은 멈칫했다.

"네가 보냈었어?"

"……."

"나무라는 게 아냐. 그냥 알고 싶어."

나는 언제나 나를 빨아들이려 하는 검고 어두운 눈을 바라보았다. 계속 마시고 있는 소주에도 불구하고 린의 얼굴은 창백했다. 한참 만에 린은 말했다.

"그가 시켰어요."

그가 누구인지는 짐작할 수 있었다.

"학생회관에 붙었다는 대자보도?"

"네."

"그랬군."

"연말 특사로 교도소에서 그가 나온 거예요. 저는 한눈에 그가 변했다는 것을 느꼈어요. 비쩍 마른 몸피는 여전했지만 그럼에도 불구하고 뭔지 모르게 달라졌어요. 마치 세상의 변화를 이해한 것 같았어요. 그는 전보다 더 사려 깊었고 전보다 더 태도가 부드러웠죠. 무엇보다도 그는 저를 이해했어요. 자유에 대한 저의 갈망을 말이에요."

나는 린에게 물었다.

"검은 폴라도 이해했어?"

"네. 물론 그만의 방식으로 이해한 것이긴 하지만요."

"무슨 말이지?"

린의 입가에 설핏 미소가 스쳐 지나갔다.

"그는 제 삶을 억압하는 것이 바로 선생님이라고 여긴 거예요. 선생님은 문학적 재능도 없는 여학생에게 그럴듯한 시적 환상을 심어놓고 그 애의 젊음을 망쳐놓았다는 거예요. 그가 말하더군요. 저의 검은 폴라는 바로 선생님이라고요."

"으음."

고통에 찬 신음소리가 입 밖으로 튀어나왔다.

"린도 그렇게 생각했어?"

"어쩌면 한동안은 그렇게 생각했는지도 몰라요. 그런데 틀렸어요. 검은 폴라, 그건 바로 저의 선택이었어요. 무거운 추처럼 제 안에 길게 늘어져 있는 수치심……."

"왜지, 왜 수치심을 선택한 거야?"

"왜냐고요? 수치심은 정직하니까요. 사랑은 나를 속여요. 나약하게 만들고 헛된 신기루를 보여주고 마음껏 농락하다가 내팽개쳐요. 수치심은 그렇지 않아요. 그것은 내게 자유를 주어요. 사랑에 현혹당하지 않을 자유, 속박당하지 않을 자유, 신기루를 찾아 날아오르지 않을 자유를요. 크렘린은 이런 저를 이해하지 못하더군요. 아이를 지우자 그는 떠났어요."

새벽의 푸르스름한 기운이 여관방 안으로 들어오고 있었다. 린의 얼굴은 푸른 새벽빛에 밀려 흐릿해졌다. 날은 어느새 밝아 있었다. 나는 소주병을 손에 들었다. 그리고 남은 소주를 잔에 따르지도 않고 그대로 입속에 넣어버렸다.

며칠 뒤 나는 서울에 있는 S 대학의 임용 문제로 D 대학 부근을 지나게 되었다. D 대학 교차로 앞을 지날 때 나는 망설이다가 택시에서 내렸다. 위압적인 모습의 철탑이 버티고 서 있는 정문을 지나 학생회관과 몇 개의 건물을 지나고 난 뒤 내 발걸음은 자연스럽게 학교 뒷산으로 향하고 있었다. 마른 가지만 무성한 잡목 숲을 헤치고 산 중턱까지 올라가 보았다. 공터는……, 없었다. 산 정상까지 더 올라가려다가 나는 발길을 되돌렸다.

노란 머리의 남학생이 떠올랐다. 그를 보낸 사람이 린이었는지, 또 그가 크렘린이란 작자였는지 나는 오랫동안 궁금했다. 카페에서 린을 만났을 때 취해서 비틀거리는 그녀를 굳이 여관방까지 데리고 간 내 행동의 무의식에는 그것을 알고 싶은 강한 동기가 숨어 있었는지도 모른다.

린. 그녀는 변하지 않은 것일까? 린은 전보다 매혹적이었고 여전히 내 마음을 사로잡았다. 그녀가 뿜어내는 묘한 열기에 나는 다시 또 수렁으로 빨려들어 갈 뻔했다. 하지만 내가 사랑이라고 여겼던 것, 시대의 이념에 짓눌렸다고 여겼던 것, 정치적 인간에게 유린되었다고 여겼던 것, 상처 입은 여자에게 스스로 구원의 화신이 되고자 했던 것, 그녀에게 배신당했다고 믿었던 깊은 상처……, 그것들은 이제 와 생각하면 한낱 정염에 지나지 않았다. 나의 경우 너무 늦게 시작되었던 탓에 더 위험스러웠지만 그것은 스스로 타올라 완전히 소진될 때까지는 결코 사라지지 않는 그런 것이었다.

낡고 허름한 1980년대식 여관방에서 린의 이야기를 다 듣고 났을 때 나는 남아 있는 마지막 정염이 형체도 없이 음산하게 사그라지는 것을 느꼈다. 나 때문에 억압되었다고 린이 한동안이라도 생각했다니. 기억하는 한 내가 그녀에게 강압적인 요구를 한 적은 한 번도 없었다. 하지만 이런 얘기는 모두 부질없었다. S 대학의 임용 심사를 앞두고 있는 지금으로서는 떠올리고 싶지 않은 과거이기도 했다. 다행스러운 것은 그녀가 자신의 선택이었음을 강조했다는 점이다.

수치심……. 내게도 그런 것이 있을까? 깃털처럼 가벼운 시대에 나를 지그시 아래로 당겨줄 그런 무거운 추 같은 것이 과연 있을까? 어쩌면 수치심은 가벼움을 견딜 수 없는 나약한 인간만이 갖는 중력의 무게인지도 모른다. 린, 그녀를 부를 때마다 빛의 산란처럼 수백, 수천의 비늘 조각이 반짝인다. 활짝 펼친 새의 날개깃처럼 아름다운 은회색의 조각들. 그것들은 어느 순간 날카로운 칼침이 되어 무방비의 나를 찔러댈 것만 같다.

# 풍경, 스미다

터엉—. 계단 위로 문 닫는 소리가 울려 퍼진다. 하나, 둘, 셋……, 혜원은 호흡을 고르며 계단을 내려선다. 발밑으로 텅 빈 공간이 느껴진다. 천천히 내려가는데도 온몸이 휘청거린다. 현관에 이르자 혜원은 참았던 숨을 내쉰다. 차고 축축한 바람이 불어온다.

초등학생 두어 명이 지나간다. 어디로 갈까. 혜원은 잠시 망설인다. 아파트 단지의 끄트머리에는 둑길이 있다. 저녁이면 어깨를 부딪칠 정도로 많은 사람들이 운동 삼아 걷는 길이지만 오전에는 한산한 편이다. 더욱이 오늘 같은 날씨라면 마주치는 사람은 거의 없을 것이다. 혜원은 아이들의 뒤를 따라 걷기 시작한다.

건물이 디귿 자로 모여 있는 지점에 이르자 아이들이 제법 많아진다. 지난밤부터 날이 흐려지더니 갑자기 서늘해졌다. 짧은 옷을 입고 다니던 아이들은 아침에 황급히 긴 옷으로 갈아입었을 것이다. 팔뚝에 닿는 소매의 느낌이 싫은지 아이들은 걸어가면서 자꾸 옷을 추스른다. 마지못해 걷고 있는 아이들의 발걸음이 뻣뻣하게 느껴진다.

혜원은 막 곁을 스쳐 지나가는 아이 하나를 유심히 바라본다. 뻗친 머리카락 아래 시선은 몽롱하고 입술 주위에는 김칫국물 자국이 벌겋게 남아 있다. 잠이 덜 깬 아이는 흐르는 물속을 거슬러 유영하듯 천천히 걸어가고 있다. 좁은 어깨가 가방에 짓눌려 있는 아이는 가뜩이나 작은 체구가 더욱 왜소해 보인다. 혜원은 아이의 시선을 더듬어본다. 아직도 꿈의 언저리에서 서성이고 있는 듯, 아이의 눈은 여전히 게슴츠레하다.

등나무 벤치를 지나는데 어디선가 냄새가 난다. 낙엽 태우는 냄새, 아니 그보다 더 구수하면서 빨아당기는 마력이 있는 냄새. 이건 담배 냄새다. 생각과 동시에 혜원의 입안에 침이 고인다.

혜원은 가끔 담배를 피웠고 가족들은 이 사실을 감쪽같이 모르고 있었다. 그것은 자랑까지는 아니더라도 혜원에게 묘한 쾌감을 주었다. 가족이 모르는 비밀을 갖고 있다는 것, 틈나는 대로 그것을 즐긴다는 것, 게다가 그러한 즐거움이 오로지 자신에게만 속해 있다는 것, 쾌감이란 늘 그렇듯 비밀을 간직하는 데에서 생겨나곤 했다.

베란다 구석에서 담배를 피우면 온몸의 세포가 활짝 열리는 것만 같았다. 혜원이 살고 있는 아파트는 맨 위층 가장자리에 있어서 이웃집을 의식할 필요도 없었다. 목구멍 깊숙이 담배 한 모금을 빨아당겼다가 내뱉으면 아찔한 현기증과 함께 눈앞이 핑그르르 돌았다. 자신이 그리고 자신을 둘러싼 세상이 연기 끝으로 사라지는 기분, 혜원은 그것을 즐겼다. 어떤 날은 종일 베란다에 앉아 있는 날도 있었다. 그런 날이면 아파트 담장 너머 공고에서 흘러나오는 시그널 소리를 한 시간 간격으로 들었다. 쉬는 시간이 되면 붉은 벽돌 건물 사이로 검정 교복 차림의 학생들이 어른거리다가 사라지곤 했다. 어느 날 혜원은 자리에서 일어나 붉은 벽돌을 향해 손을 흔들어보았다. 붉은 벽돌 어딘가에서 휘리리 소리가 들려왔다. 누구였을까. 휘리릭, 휘릭. 휘파람 소리는 길게 꼬리를 물고 이어지면서 아파트 담장 위로 사라져갔고 혜원은 붉은 벽돌을 오래도록 바라보았다.

등나무 벤치를 지나 계단을 내려가면서 혜원은 고개를 갸웃거린다. 담배 냄새가 아니었나? 조금 전에 맡았던 냄새가 감쪽같이 사라지고 없다. 어쩌면 젖은 흙냄새였는지도 모르지. 혜원은 숨을 크게 들이마시면서 계단 아래 붉은색 아스팔트에 발을 디딘다. 코끝에서 비릿한 시멘트 냄새가 느껴진다.

횡단보도 앞에 사람들이 서 있다. 푸른색의 제복을 입고 교통 지도하는 학부모와 아이들이다. 길은 왕복 2차선. 호루라기 소리가 길게 울려 퍼지면서 노란 깃발이 차도를 가로막자 아이들은 길을 건넌다. 아이들이 길을 건너는 속도는 제각각이다. 잽싸게 뛰어가거나 한없이 꾸물거린다. 혜원은 오늘 아침 식탁에서 있었던 일을 떠올린다.

식탁 위에는 딸기잼과 식빵 그리고 우유가 놓여 있었다. 경후가 빵을 먹는 속도는 일정했다. 심지어 식탁 위에 흘리는 빵 부스러기 또한 늘 같은 자리에 떨어져 있었다. 혜원은 남편 경후가 매일 똑같은 빵을, 똑같은 자리에서, 똑같은 속도로 먹고 있는 풍경을 물끄러미 바라보곤 했다. 혜원은 그러한 반복에서 질식감을 느꼈다. 한 치의 오차도 없이 되풀이되는 그 풍경은 이따금 혜원의 감정을 막다른 구석으로 몰아넣곤 했다.

"천천히 먹어라."

경후가 딸아이 영채를 향해 말했다. 영채는 무엇이든 허겁지겁 마치 입에 쑤셔 넣듯이 먹어대는 버릇이 있었다.

"천천히 먹으래도."

영채는 잠시 먹는 속도를 늦추는 듯했다. 그러나 어느 틈에 손이 다시 입으로 갔다. 손에 들려 있던 빵은 재빨리 입속으로 들어갔고 볼이 미어터지도록 빵빵해졌다. 그 모습을 본 경후가 눈살을 찌푸렸다.

"빨리 먹으면 체한다니까."

그제야 영채는 눈을 내리깔고 입안의 것을 천천히 되씹었다. 그러나 아이의 입에서 빵은 되게 뭉쳐 있었다. 곧 목이 막히는지 영채가 캑캑거렸다.

"수십 번 말했건만 고쳐지질 않는구나."

경후는 아이를 향해 눈을 흘겼다. 혜원이 컵을 건네자 영채는 눈물을 찔끔 흘리면서 물을 마셨다.

먹는 속도를 둘러싸고 남편과 딸아이 사이에서 벌어지는 신경전은

매일 아침 되풀이되는 풍경이었다. 올해 학교에 들어간 영채는 먹는 속도는 빨랐지만 다른 일에서는 늦었다. 그림을 그릴 때도, 만들기를 할 때도, 알림장을 적을 때도 반에서 가장 늦는다고 했다. 모든 일에서 늦되고 먹을 때만 속도를 낸다고 경후는 딸아이를 못마땅하게 여겼다.

등 뒤에서 다시 호루라기 소리가 들린다. 돌아보니 뒤늦게 건너려는 아이의 상체를 노란 깃발의 긴 대가 완강히 가로막고 있다. 횡단보도 앞에서도 속도를 늦추지 않았던 검정색 중형차의 차체는 이미 멀어지고 있다. 아이는 신발주머니로 나무를 거칠게 때린다. 마른버짐이 핀 아이의 얼굴에는 한순간 분노의 폭발 같은 것이 스쳐 지나간다. 더 이상 지나가는 차가 없다는 것을 여러 번 확인한 끝에 노란 깃발은 다시 차도를 막고 길을 터준다.

학교 앞이다. 이곳에서는 학교 정문을 정점으로 사방에서 모여드는 아이들의 흐름이 한눈에 보인다. 꾸물거리기는 하지만 대열에서 크게 이탈하는 일 없이 아이들은 정문을 향해 모여들고 있다. 병목현상처럼 아이들은 정문 앞에 뒤엉겨 있다. 혜원은 재빨리 그 앞을 지난다.

맞은편에서 더 많은 아이들이 걸어오고 있다. 아래 단지에서 오는 유일한 길인 데다 폭이 좁기 때문에 도로는 온통 가방을 멘 아이들로 가득 차 있다. 아이들의 작은 어깨가 상체에 부딪힌다. 수업 시간이 가까워진 탓인지 아이들의 흐름은 거센 물살처럼 완강하다. 아이들의 얼굴이 눈앞에서 휙휙 지나간다.

영채는 잘 갔을까. 혜원은 문득 딸아이의 얼굴을 떠올린다. 그 애는 이미 교실에 앉아 있을 것이다. 교실 맨 뒤에 앉아 고개를 숙인 채 손가락으로 책상 위에 서툰 그림을 그리고 있을 것이다. 다른 아이가 말을 건네면 더듬거리며 바짝바짝 진땀을 흘릴 것이다. 두 눈을 초조하게 굴릴 것이다. 초조한 나머지 팬티에 찔끔 오줌을 지릴 것이다. 혜원은 가슴이 답답해진다.

영채가 백일을 갓 넘었을 때의 일이었다. 어느 날 혜원은 자신을 빤히 바라보는 아이의 맑고 순연한 눈빛을 느꼈다. 자신을 통해서 세상 밖으로 나온 생명체. 자신의 일부를 나누어 가진 나의 나. 생명의 신비. 기쁨……. 아니었다. 낯설고 두려웠다. 아이의 맑고 투명한 눈동자를 바라볼수록 어딘가 어둡고 눈에 띄지 않는 곳으로 숨어들고만 싶었다. 아이가 온 힘을 다해 젖을 빨아댈수록 젖을 만들기 위해 자신이 먹어야 하는 음식들에 맹렬한 적의를 느꼈다. 아이가 왕성한 생명력을 보일수록 혜원의 의식은 그 반대쪽을 향하고 있었다.

8개월이 지났을 때 혜원은 어린이집에 아이를 맡겨둔 채 집을 나섰다. 아이의 눈빛이 닿지 않는 곳에 자신을 숨길 작정이었다. 시외버스로 두 시간을 달린 뒤 배를 갈아타고 찾아간 곳은 산속 깊은 곳에 숨어 있는 절이었다. 혜원은 그곳에서 자신을, 자신의 생명을 방치하고 싶었다. 삶이 아니라 죽음을, 생명의 정지 상태를 원하고 있었다. 그러나 절에 도착한 지 한 시간도 되지 않아 혜원은 가슴을 찌르는 듯한 통증을 느꼈다. 젖이 불어터지고 있었다. 젖은 브래지어 안쪽에 댄 거즈를 타고 흘러내렸다. 흘러내린 젖은 선뜩했고 쉰내를 풍겼다. 가슴 아래로 아랫배로 배꼽 아래로 젖은 자꾸만 흘러내렸다. 윗옷이 흠뻑 젖어들도록 젖이 흘러넘쳤을 때 혜원은 자기 안에서 무언가 툭 소리를 내며 끊어지는 소리를 들었다. 혜원은 결국 마지막 배를 얻어 타고 집으로 돌아왔다. 아이는 볼이 홀쭉해진 채 짓무른 입술 사이로 쌕쌕거리는 소리를 내면서 유아용 침대에 잠들어 있었다. 다른 아이들이 다 빠져나간 어린이집에서 울다 지쳐 잠들어 있는 것을 남편이 데려왔다고 했다. 분유를 먹이려 했더니 젖꼭지를 조금 빨다가 입 밖으로 밀어내더라고 남편이 혀를 차며 말했다.

혜원은 그 뒤로도 몇 번이나 충동적으로 집을 나섰다가 밤늦게 돌아오곤 했다. 아이는 주로 혼자서 놀았다. 말없이 그림책을 보거나 소꿉놀이를 하기도 했다. 혼자서 엄마가 되었다가 아기가 되기도 하는 소꿉놀이를 할 때면 소꿉놀이 속 엄마 또한 말이 없었다. 아이는 놀다가 이따금 소파를 향해 고개를 돌렸다. 그러고는 멍하니 앉아 있는 제 엄마를 골똘히 바라보곤 했다.

작은 도로 앞이다. 버즘나무가 늘어서 있는 이곳은 나뭇가지가 우거진 탓에 대낮에도 으슥한 느낌이 든다. 맑은 날에도 햇빛은 나뭇잎 사이의 작은 틈으로 간신히 들어올 뿐이었다. 혜원의 시선이 버즘나무의 껍질에 머문다. 백반증 환자의 얼굴처럼 얼룩덜룩 갈라진 나무껍질이 곧 떨어져 나갈 것만 같다. 혜원은 가슴 어딘가에서 가려움증을 느낀다. 어딘가, 가슴 어디인가.

지난봄, 혜원은 외출도 하지 않은 채 집 안에 틀어박혀 있었다. 가슴이 못 견디게 가려웠다. 혜원은 이 방에서 저 방으로 불안하게 서성거렸다. 가려운 데가 어딘지 알고 싶다고 생각했다. 어딘지 알 수만 있다면 피가 나도록 벅벅 긁고 싶다고 생각했다. 가려움증은 곧 불안으로 바뀌었다. 안방에 있다가, 딸아이 방에 있다가, 거실에 서 있다가, 앉았다가, 누웠다가, 어디에 어떤 자세로 있어도 안심이 되지 않았다. 문득 혜원은 생각했다. 이렇게 있을 때가 아닌데. 여기가 아닌 다른 어딘가에 있어야 하는데. 어느 날 혜원은 부엌 창문 아래 멈춰 섰다. 책받침만 한 창문 가장자리에 끈적끈적한 기름때가 누렇게 묻어 있었다. 집 안에 아무도 없는데도 혜원은 누군가의 시선을 의식하는 것처럼 몰래 창밖을 내려다보았다. 정류장 표지판이 보였고 그 앞에 마을버스가 멈춰 서 있었다. 버스는 곧 요란한 소리를 내며 출발했다. 버스가 커브 길을 돌아 마침내 보이지 않게 될 때까지 혜원은 시선을 떼지 않았다. 버스 노선은 눈을 감고도 외울 수 있었다. 고등학교를 지나 병원을 지나 구청을 지나 다리를 건너 터미널 앞이 마을버스의 종착역이었다. 버스 터미널이라면 어느 쪽으로든 갈 수 있으리라. 동쪽으로, 서쪽으로, 남쪽으로, 그 어느 쪽으로든!

어느 쪽으로든 갈 수 없다는 사실을 혜원은 알고 있었다. 마치 시간의 회로에서 자신이 튕겨 나온 것만 같았다. 하나의 행위 다음에 이어지는 행위의 연쇄, 그 연약한 고리가 마침내 끊어진 것과 같았다. 혜원은 어느 날 아침 거실에 서서 어디로 가야 하는지 모르고 서 있는 자신을 발견했다. 쌀을 씻으려 했던가? 아니, 화장실에 가려고 했던 것 같은데. 아니 요의쯤은 참을 만해. 그보다는 베란다로 가서 창밖을 내다봐야겠어. 아니 그것도 아닌 것만 같아. 아니, 아니, 아니. 번잡한 혜원의 머릿속과는 달리 혜원의 몸은 꼼짝도 하지 않고 서 있었다. 거실 한복판에서 어디로 갈지 모른 채 혜원은 한참을 그대로 서 있었다.

혜원은 아침에 눈을 뜨면 도리어 사방이 캄캄해지는 것을 느꼈다. 그래도 쌀을 씻고 밥을 안쳤다. 어떤 날은 쌀 씻는 것을 잊을 때도 있었고 어떤 날은 씻은 쌀을 또 씻을 때도 있었다. 어쨌든 아침을 차리는 일은 거르지 않았다. 그러나 그것은 힘든 일이었다. 혜원에게도 힘들었지만 그 모습을 지켜보는 이에게는 더욱 힘든 일이었다. 보다 못한 경후는 아침 메뉴를 빵으로 바꾸었다. 혜원은 밥을 하는 대신에 식빵을 굽고 딸기잼을 꺼내놓았다. 한결 나아진 것 같기는 했다. 그러나 그깟 일에도 온 힘을 다해야 했다. 그러고 나면 피로가 몰려왔다. 남편과 아이가 집에서 나가기 전까지는 그럭저럭 버텼다. 그러나 현관문 닫히는 소리와 함께 집에 혼자 남게 되면 혜원은 그때부터 서서히 목이 졸리는 듯한 질식감을 느꼈다.

검은빛, 천지 사방을 잿빛으로 덮어버리는 검은빛, 저마다의 사물이 간직한 밝고 찬란한 색채를 싸늘히 거둬가 버리는 검은빛, 살아가는 일이 무위하다고 끝없이 말해주는 검은빛, 날이 밝아도 여간해서는 사라지지 않는 검은빛. 살아서 떠다니는 죽음의 빛.

혜원은 자신이 이처럼 삶의 의욕을 잃어버린 까닭을 떠올려보려 했다. 최근에 있었던 가까운 가족의 죽음이나 파산 혹은 실직 같은 눈에 두드러지는 뚜렷한 원인을. 그런 일은 없었다. 남편 경후는 자동차를 판매하는 영업소 소장이었다. 다섯 명의 직원을 데리고 한 달에 중형차 열 대를 판매하면 영업소는 그럭저럭 유지되었다. 실적이 좋은 달도 있었고 나쁜 달도 있었다. 하지만 경후는 바깥일의 흔적을 집안에까지 끌고 오는 그런 타입이 아니었다. 아이 또한 큰 문제는 아니었다. 다만 늦되었기 때문에 경후의 성에 차지 않을 뿐이었다. 아이의 늦된 모습이 자신이 아이를 방치했던 옛 기억을 상기시켜주기 때문에 가책이 될 뿐이었다. 원인은 혜원의 바깥에 있지 않았다. 그것은 혜원 안에 있었다. 아니, 혜원 자신이 문제였다.

혜원이 정신과 의사를 찾아갔던 것은 폭염이 쏟아지던 어느 여름날의 오후였다. 도심의 대로를 걷고 있는데도 혜원의 살갗에는 소름이 돋았고 온몸에 한기마저 느껴졌다. 한기로 움츠러든 채 진료실 안으로 들어갔을 때, 실내에는 주황색 빛이 흘러넘치고 있었다. 버티컬 블라인드에 반사된 빛이 벽면의 액자와 책장 그리고 집무용 책상을 안온한 색채로 물들이고 있었다. 시간은 정지된 것처럼 고요했다. 의사가 높낮이가 없는 가는 목소리로 물었다.

"나이는 39세. 결혼은 하셨고 딸이 하나 있네요. 맞나요?"

혜원은 의사의 목소리가 떨리고 있다고 생각했다.

"네."

"자, 그럼 말해보세요. 그냥 떠오르는 대로 얘기하시면 됩니다."

의사가 상체를 뒤로 젖히고 물러나 앉았다. 혜원은 의사를 바라보았다. 갸름하고 턱이 뾰족한 얼굴이었다. 시선이 허공을 향하고 있어서 그는 어딘가 멍한 느낌을 주었다. 무엇을 말해야 하나. 혜원은 입술을 달싹여보았다. 갑자기 머릿속이 텅 비어버렸다. 혜원은 당황한 표정으로 어쩔 줄 모르고 앉아 있었다. 그러니까……, 저는……, 말하자면……. 혜원은 어떻게든 하나의 문장을 완성해보려 애를 썼다. 그러나 하고자 했던 말은 혀끝에서 번번이 미끄러질 뿐이었다. 의사는 몇 가지 질문을 통해서 간신히 혜원의 결혼 전 성장 과정과 결혼 후의 일상을 연결시킬 수 있었다.

병원에서 나와 지하철역을 향해 걸어가면서 혜원은 생각했다. 자음과 모음이 만나지 못하는 그 지점에 어떤 기억이 숨어 있었을까. 단어와 단어가 튕겨져 나갔던 바로 그 지점에……. 문득 떠올랐던 것은 산동네 비탈길이었다. 비탈길의 맨 꼭대기에 여자아이가 서 있었다. 멀리 시내의 높은 빌딩들이 내려다보였다. 여자아이가 서 있는 곳은 공동변소였는데 그 옆에 시멘트를 어설프게 이겨놓은 계단이 있었다. 이 계단을 단박에 뛰어 내려가야 하리라. 이마에 광목 끈을 질끈 맨 엄마가 떠올랐다. 여자아이는 뛰기 시작했다. 양옆으로 코딱지처럼 다닥다닥 붙은 집들과 속이 훤히 들여다보이는 대문들을 헐떡이며 지나쳤다. 골목은 오른쪽으로 또 왼쪽으로 굽어 있었다. 골목을 지나자 눈앞이 확 트이며 아랫동네 전경이 다 드러났다. 더 내려가야 한다. 왼쪽으로 틀어서 내려가면 오른쪽에 우물이 하나 있었다. 누군가 빠져 죽었다고 소문이 난 우물이었다. 소문이 난 뒤로 더 이상 쓰이지 않아 말라버린 우물이었다. 여자아이는 온몸이 뻣뻣해지는 것을 느끼며 그 앞을 지났다. 그대로 더 내려가야 했다. 발밑에서 하수도가 흘렀다. 덮어놓은 시멘트 뚜껑 사이로 더러운 시궁창 물이 보였다. 시큼한 냄새도 올라왔다. 경사가 심해서 자칫 넘어질지도 몰랐다. 속도를 늦추기 위해 발끝에 힘을 주었다. 앞으로 고꾸라지지 않으려면 가슴을 한껏 뒤로 젖혀야 했다. 아래로 내려올수록 발끝에 더 많은 힘을 주어야 했다. 여자아이는 가슴이 터질 것만 같았다. 비탈의 끝, 왼쪽 건물에 약국이 있었다. 여자아이는 약국의 유리문을 열었다. 그리고 달아오른 얼굴로 헐떡이면서 말했다. "신경안정제 스무 알 주세요."

휘리릭 풍경이 흩어진다. 비둘기색 자동차다. 쏜살같이 곁을 지나간 자동차는 도로 끝에서 좌회전을 하고 사라진다. 다시 길 위는 정적이다. 혜원을 둘러싸고 있는 것은 아파트와 도로와 그리고 양쪽 길로 늘어선 버즘나무들뿐이다. 아파트와 도로 사이에는 철제 난간이 있다. 먼지가 잔뜩 내려앉은 철제 난간에는 방사선 모양으로 뻗어나간 거미줄에 무당거미가 매달려 있다. 거미는 먹잇감 위에 독액을 쏘아서 소화하기 좋게 녹여낸 뒤 껍질만 남을 때까지 빨아 먹는다고 했다. 무당거미는 먹이를 기다리고 있는 듯 노란 고리 모양의 가늘고 긴 다리를 곤두세우고 있다.

둑길로 가는 길은 다른 코스도 있었지만 혜원이 이쪽 길을 이용하는 까닭은 사람들이 잘 다니지 않았기 때문이다. 동네에서 아는 사람이라야 슈퍼마켓 부부, 언젠가 고장 난 수도꼭지를 고치러 왔던 설비기사, 같은 유치원에 아이를 보냈던 젊은 엄마 서너 명에 불과했지만 혜원은 누구의 눈에도 띄고 싶지 않았다. 만약 그들 중 누군가를 우연히 만났는데 말이라도 걸어온다면 어떡해야 할까. 그들은 삶의 목적이 뚜렷한 사람들이었다. 물건을 팔거나, 고장 난 수도를 고치거나, 가정의 행복을 위해서, 아이들의 미래를 위해서 애쓰는 사람들이었다. 혜원이 그들과 함께 나눌 이야기는 없었다. 어쩌다 마주치게 되는, 기다란 스틱을 들고 천천히 걸음을 옮기는 노인처럼 혜원의 산책은 목적도 방향도 없었다.

문득 두 얼굴이 떠오른다. 희멀건 얼굴을 한 재활원 아이와 노란 점퍼의 사내. 이상하게도 혜원은 두 사람 모두 친근하게만 여겨졌다.

시에서 운영하는 재활원은 둑길과는 반대쪽 고개 너머에 있었다. 사람들이 잘 다니지 않는 오전 시간에 재활원으로 향하는 원아들의 모습은 쉽게 눈에 띄었다. 언젠가 혜원은 짧은 단발머리에 주근깨가 많은 아이가 엄마의 손을 잡고 뒤틀린 걸음걸이로 간신히 걸어가는 것을 보았다. 아이 엄마는 마르고 예민해 보였다. 아이의 얼굴은 오랫동안 햇볕을 받지 못한 듯 창백했다. 아이는 벌어진 미간 아래 멍해 보이는가 하면 천진해 보이기도 하는 두 눈을 갖고 있었다. 한 번 걸음을 옮기는 시간은 길었다. 아이는 입을 벌린 채 앞으로 쓰러질 듯이 간신히 걸음을 떼었다가 온몸을 뒤흔들어 보인 뒤에 아슬아슬하게 바닥에 착지하곤 했다. 혜원은 아이의 불안정한 착지를 바라보면서 묘한 전율과 감동을 느꼈다.

노란 점퍼의 사내를 처음 본 것은 약수터에서였다. 머리숱이 몹시 적었던 그는 한겨울에도 노란색의 얇은 점퍼 차림이었다. 그가 하는 일이라곤 한 시간 남짓 약수터 주위를 서성거리는 거였다. 몹시 중요한 일이 있는 사람처럼, 그러나 차마 하기 어려워 망설이는 사람처럼 그는 손톱을 깨물거나 뭐라고 중얼거렸다. 수도꼭지 다섯 개가 시멘트 벽면에 일렬로 박혀 있는 약수터에서는 정해진 시간에 물을 받게 되어 있었다. 오후 세시. 사내가 약수터 앞에서 서성거리고 있었던 그 시각은 물이 나오지 않는 시간이었다.

혜원은 어느 날 그 사내를 오전 산책길에서 마주쳤다. 사내는 조금 경사진 비탈 위에서 철제 난간 사이를 두리번거리고 있었다. 그는 길을 잃은 것 같았다. 어디로 가는 길이었을까. 약수터로 가는 길이었을까. 아니면 집으로 가는 길이었을까. 어쩌면 그는 자신이 놓여 있는 시간에 대한 감각을 잃어버린 것은 아니었을까. 얼마 후 비탈을 내려오는 그의 걸음걸이는 불안해 보였다. 종아리 부분에 있는 근육의 떨림이 시선을 끌었다. 그의 동공 또한 쉴 새 없이 움직이고 있었다. 혜원은 자신의 눈꺼풀이 떨려오는 것을 느꼈다. 불안하게 떨리는 사내의 허전한 눈빛을 혜원은 안타까운 심정으로 바라보았다.

빗방울이 떨어지나 보다. 이마에 섬뜩한 기운을 느끼며 혜원은 하늘을 올려다본다. 키 큰 버즘나무의 무성한 나뭇가지가 윗부분에서 둥글게 어우러져 길은 나무 터널 같다. 어두운 나무 터널, 그것은 오래된 무덤을 연상시킨다. 온몸에 오싹한 한기가 느껴진다. 기온이 조금씩 내려가고 있는가 보다.

사방이 어둠으로 조여져 오고 있다. 비가 내리기 직전의 시간인 모양이다. 언제나 이런 때가 위험하다. 끓는 물이 넘치기 직전처럼, 부풀어 오른 고름이 터지기 직전처럼, 폭풍을 앞두고 있는 바다의 무섭도록 고요한 침묵처럼 거기에는 임박한 파국을 앞둔 조마조마함이 스며 있다. 이런 때 가슴 밑바닥에선 무언가 스멀스멀 기어 나오기 시작한다. 그것은 마치 집을 잃은 벌레 같다. 자신이 깃들 곳을 찾지 못해 방황하는 벌레 같다. 그것은 바로, 추억이 되지 못한 어두운 기억들이다.

혜원이 일주일 만에 다시 병원을 찾아갔을 때 의사는 다른 환자와 상담 중이었다. 혜원은 대기실에 있는 소파 한구석에 앉아 기다렸다. 대기시간은 그리 길지 않았다. 의사는 지난번에 했던 상담 기록을 들여다보며 몇 가지 기본적인 사실들에 대해 물었다.

"그동안 어떠셨어요?"

"……."

"여전히 무엇을 할지 결정하기가 힘들던가요?"

혜원은 애매한 태도로 고개를 끄덕였다. 혜원은 지난 일주일 동안 있었던 일을 떠올리기 시작했다. 특별한 일은 없었다. 베란다에서, 주방 창문 밑에서, 음식물 쓰레기통 앞에서 무엇을 해야 할지 모르고 한참 서 있었던 것도 여전했다. 자신은 이 세상의 한낱 얼룩에 불과한 것은 아닌가……. 의사는 무슨 말을 하든지 별다른 반응을 보이지 않고 듣고 있었다. 여전히 멍한 표정으로 허공에 시선을 둔 채 간혹 고개를 끄덕이거나 "네, 그러세요" 하고 추임새를 넣을 뿐이었다.

혜원은 말을 하면 할수록 공허해지는 것을 느꼈다. 대학 때 공부를 하지 않았던 일, 결혼 전에 스치듯 몇 번 만났던 남자들, 매사에 정확한 남편 경후에 대해 이유 없이 느끼는 적의……, 어떤 말로도 자신을 설명할 수는 없었다. 상담이 끝나갈 무렵이 되자 중노동을 한 것처럼 피로가 몰려왔다. 쓸데없이 많은 말을 했다고 혜원은 후회했다.

의사는 상담을 좀 더 진행해보자고 제안했고 혜원은 딱히 상담이 마음에 드는 것은 아니었지만 그 제안을 거부할 이유 또한 찾지 못했다. 접수실에 무료하게 앉아 있던 간호사와 몇 번의 조율 끝에 다음 상담 날짜를 정한 뒤에 병원에서 나왔다.

지하철역을 향해 걸어가는데 혜원의 몸에 오한이 왔다. 기분이 가라앉기 시작했다. 머릿속에 박혀 있던 엄마의 영상이 또렷하게 살아났다. 부스스한 머리 아래 갈라터진 입술을 한 엄마의 퀭한 눈이 어느새 혜원을 쏘아보고 있었다.

열흘이나 보름 간격으로 여자아이는 산비탈을 내려가 신경안정제를 사왔다. 약을 먹으면 엄마의 발작은 잦아들었다. 발작이 시작되기 전, 여자아이는 엄마의 얼굴에서 검은빛을 보았다. 검은빛은 약을 먹고 발작이 가라앉은 뒤에도 오랫동안 사라지지 않았다. 엄마는 어느 날은 하루 종일 꺼이꺼이 울었고 어느 날은 한밤중에 다락에 올라가서 묵은 궤짝을 헤집으며 무엇인가 찾았다. 부스스한 머리에 퀭한 눈으로 손바닥으로 벽을 긁으며 울부짖는 날도 있었다.

여자아이는 곧 사춘기 소녀가 되었다. 그 무렵 엄마는 자신의 치료제를 찾았는데 그것은 바로 여행이었다. 하루가 멀다 하고 엄마는 짐을 꾸려 여행을 떠났다. 처음에는 가까운 곳이었다. 인천 앞바다나 수안보 온천. 엄마는 아침 일찍 집을 나서서 늦은 밤이 되어서야 돌아왔다. 그러다가 여행지가 점점 더 멀어졌다. 속리산, 만리포, 울릉도. 엄마는 허름한 배낭에 옷가지와 간식거리와 약간의 돈을 챙겨서 떠났고 이틀이나 사흘 혹은 나흘 만에 빈털터리가 되어 돌아왔다. 멀리 제주도에서는 한 달 가까이 머물렀다. 엄마가 집에 없는 동안 집 안은 엉망이었다. 설거지 거리가 쌓이고 빨래 거리에 곰팡이가 슬었다. 두 오빠는 밖으로 나돌았고 아버지가 침울한 표정으로 집안일을 했다. 엄마가 없는 집 안은 난파선 같았다.

초경을 시작했을 때 사춘기 소녀는 몹시 당혹했다. 치마 아래로 뜨거운 것이 울컥 솟구치는 것을 느꼈을 때 사춘기 소녀는 엄마를 찾았다. 그러나 엄마는 집에 없었다. 아버지와 오빠들에게는 아무 말도 할 수 없었다. 피가 흥건하게 묻어 있는 팬티를 어떻게 처리해야 할지 몰라 비닐봉지에 싸맨 채 동네를 몇 바퀴나 돌았다.

엄마는 순례하듯 자신이 가고 싶었던 여행지를 돌았다. 그리고 더 이상 갈 만한 곳이 없어지자 빠르게 쇠약해져 갔다. 나날이 더 많은 양의 안정제에 의존했기 때문에 피부는 꺼칠하게 탄력을 잃었고 두 눈은 초점이 흐릿해졌다. 목소리는 힘이 빠지고 말은 어눌해져 갔다. 사춘기 소녀는 그런 엄마를 피했다. 가능한 한 학교에서 늦게 왔고 공부를 한다고 방에 틀어박혀 나오지 않았다.

사춘기 소녀는 대학생이 되자 여행 가방을 샀다. 그리고 아르바이트를 했고 고등학교 때보다 더 늦은 시간에 집에 돌아왔다. 여름방학이 되었다. 그녀는 한 달 일정으로 북유럽 배낭여행을 떠났다. 노르웨이, 핀란드, 스웨덴. 눈과 협곡과 해안의 나라. 그곳에서 그녀는 자유를 느꼈다.

배낭여행에서 돌아온 날 엄마는 싸늘한 주검으로 관 속에 누워 있었다. 엄마는 양잿물을 마셨다고 했다. 오빠가 발견했을 때 엄마는 목욕탕 앞에서 두 손으로 가슴을 쥐어뜯으며 고통스러워했다고 했다. 병원으로 옮겨졌지만 식도는 이미 다 탄 상태였고 아버지의 동의로 산소호흡기마저 곧 떼어냈다고 했다.

후드득.

나뭇가지에서 부스럭거리는 소리가 난다. 혜원은 소리를 따라 올려다본다. 가지 끝에 미세한 흔들림이 여운처럼 남아 있다. 나뭇가지 저쪽에서 새소리가 난다. 어디쯤일까. 쪼로로롱쪼로로롱. 연이어 새소리가 나는데도 새는 나뭇가지에 가려 그 모습을 찾을 수가 없다. 혜원은 빠르게 걷기 시작한다.

두 갈래 길을 지나 둑길을 향하고 있다. 생각난 듯이 이따금 자동차가 지나갈 뿐이다. 지팡이를 짚은 노인도, 재활원에 다니는 아이도, 시선을 허공에 둔 채 배회하는 노란 점퍼의 사내도 지금은 없다. 아파트 단지 전체가 쥐 죽은 듯이 고요하다. 마치 누구도 깨어나지 않은 시간처럼 어스름에 갇혀 있다. 자박자박. 혜원 자신의 발소리만 들려온다. 자박자박. 좋지 않은 자세 탓에 틀림없이 뒤축이 먼저 닳고 있을 운동화 소리.

장마가 가까워지고 있던 어느 날이었다. 혜원은 거실 소파에 앉아 있었다. 비스듬한 자세로 앉아 있었기 때문에 고개를 돌리지 않아도 유리창이 한눈에 들어왔다. 유리창에 버즘나무의 무성한 가지가 닿을 듯 가까웠다. 나뭇잎의 초록이 눈을 적시고 번성한 가지가 마음을 간질였다. 간지러운 느낌은 빠르게 번져나갔다. 혜원은 불안해졌다. 하늘에는 빗방울을 흩뿌릴 것처럼 구름이 몰려들고 있었다. 거실은 시나브로 어두워졌다. 버즘나무 주변으로 검은빛이 몰려들고 있었다. 잎들이 후드득후드득 유리창을 때렸다. 가지들은 아우성치며 서로를 찔러대고 있었다. 검은빛은 소파 가까이까지 성큼 다가와 있었다. 그것은 곧 덮칠 태세를 하고 있었다. 바람에 유리창이 덜컹 흔들렸을 때 혜원은 자리를 박차고 일어났다.

아파트 현관을 나서자마자 혜원은 후회했다. 세 번째 상담을 며칠 앞두고 있을 때였다. 되돌아가고 싶은 유혹과 나가야 한다는 당위가 팽팽하게 맞섰다. 혜원은 몇 번이나 중얼거렸다. 돌아가서는 안 된다.

베란다 구석에 쪼그리고 앉아서는 안 된다. 컴퓨터 앞에서 운세 사이트에 생년월일을 입력하고 난 뒤 마지막 결제 단계에서 집게손가락을 꼼지락거리는 일은 이제 그만두어야 한다. 자살 사이트나 정신분석학회 사이트를 오가는 짓은 이제 정말로 멈춰야만 한다. 우울증 자가진단 테스트도 더 이상 하고 싶지 않다…….

간신히 등나무 벤치 앞을 지났다. 또 초등학교를 지나쳤다. 하늘 한 구석에서 먹구름이 몰려오고 있었다. 차가운 바람이 이마를 어루만지듯 스쳐 지나갔다. 곧 물방울이 뚝뚝 떨어질 것처럼 대기가 습기에 젖어들었다. 그러자 더 이상 아무 데도 갈 수 없을 것만 같았다. 한 발짝도 앞으로 나갈 수 없을 것만 같았다. 제자리에서 꼼짝도 할 수가 없었다. 결국 혜원은 플라타너스 샛길 앞에서 발걸음을 돌렸다.

집으로 돌아와서 혜원은 모든 창문을 닫았다. 그리고 안방 침대에 누웠다. 다시금 검은빛이 느껴졌다. 검은빛은 그 어느 때보다 빠르게 주위의 온기를 깡그리 거둬갔다. 보라색 커튼이, 천장의 꽃무늬가, 천장 가운데 매달린 실내등의 은빛 장식이 모두 무채색으로 변했다. 검은빛이 모든 사물들 위에 군림하고 있었다. 혜원은 투항하고 싶은 욕구를 느꼈다.

혜원은 자신이 아는 자살자들을 손꼽아 보았다. 1년간 가장 효과적인 자살 방법을 찾기 위해 애를 썼다는 아쿠타가와 류노스케, 실내복 주머니에 돌을 잔뜩 넣은 채 강물 속으로 천천히 걸어갔던 버지니아 울프, 오븐에 머리를 들이민 채 가스 밸브를 열었던 실비아 플러스,

약물 과다복용의 전혜린과 바흐만. 삶과 죽음이 종이 한 장보다 얇은 경계에서 파르르 떨리던 그 순간에 그들은 무엇을 생각했을까?

혜원은 엄마의 마지막 순간을 보지 못했다. 애써 알려고 하지도 않았다. 굳게 봉인해놓은 것처럼 그 순간은 단단한 껍질에 싸여 있었다. 하지만 혜원의 마음 저 밑바닥에 그 순간은 자리 잡고 있었고 언제든 뛰쳐나와서 혜원의 삶을 산산이 으깨놓으려 하고 있었다. 열어보리라. 오래전 엄마가 그러했던 것처럼 그 순간을 살아보리라.

빈집에 엄마가 혼자 있었다. 잿빛의 움푹 꺼진 눈으로 엄마는 허공의 한 지점을 일별했다. 자신이 살아온 평생을 바라보듯 헛헛한 눈길이었다. 육체적 쇠락과 무너져 가는 정신 속에서 시나브로 죽음을 향해 다가가고 있었다. 무섭도록 고요한 순간이었다. 팽팽히 당겨져 있던 생명의 실이 끊어지려는 한순간.

혜원은 침대 시트를 움켜쥔 채 소리를 삼켰다. 엄마는 아무 말 없이 낯설고 먼 시선을 던졌다. 어느 틈에 엄마는 혜원이 배낭여행을 떠나기 전의 모습으로 돌아가 있었다. 부스스한 머리로 누워 있던 엄마는 손을 내밀었다. 까끌까끌한 손으로 혜원의 손을 꼭 잡고서 말했다. "떠나지 마, 내 곁에 있어줘." 혜원은 그 손을 밀쳐냈다. 어느 틈에 엄마는 햄버거를 사들고 교실을 두리번거리며 혜원을 찾고 있었다. 외면하며 한구석에 숨어드는 혜원의 교복 자락을 붙들었다. "이거라도 먹어야지." 혜원은 엄마가 교실 밖으로 사라지자 햄버거를 쓰레기통에 버렸다. 어느 틈에 엄마는 열두 살의 혜원에게 약 심부름을 시키고 있었다. 이마를 광목으로 질끈 동여맨 채 눈을 희번덕거리며 숨을 가쁘게 몰아쉬었다. "엄마가 무섭지? 사는 게 이렇게 무섭다야." 그러다가 엄마는 홀연히 나이를 짐작할 수 없는 모습이 되었다. 엄마는 새빨간 등산 모자에 꽂은 관광기념 배지를 문지르고 있었다. 엄지손톱만 한 배지들에서 광채가 날 때마다 엄마의 얼굴은 화들짝 달아올랐다. "야야! 세상이 이렇게 넓고 아름다운 줄 몰랐다. 내 맘속에 이토록 많은 세상이 숨어 있는 줄 몰랐다." 엄마는 한 송이 꽃이었다. 죽기 전에 유난히 화려하고 풍성하게 꽃을 피운다는 어느 나무처럼 평생 벼르고 벼르다가 느지막이 온 힘을 다해서 활짝 핀 꽃.

그 꽃은 마치 이렇게 말하는 것 같았다. 있는 그대로, 꽃은 꽃대로, 얼룩은 얼룩대로, 아름다움은 아름다움대로, 질병은 질병대로, 너는 너대로, 나는 나대로……. 무채색 공간이 환해지면서 천장 구석에서 한 송이 꽃이 피어나듯 꽃무늬 벽지가 조금씩 살아나고 있었다…….

혜원은 세 번째 상담에 나가지 않았다. 병원에 가는 대신 아파트 현관을 빠져나와서, 등나무 벤치를 지나서, 학교를 지나서, 플라타너스 샛길을 지나서 둑길을 걸었다. 걷는 것은 바람 같고, 구름 같고, 강물 같았다. 그것은 오감을 열어두는 것, 머물지 않고 흐르는 것, 풍경 속으로 스며드는 것이었다. 바람이 이마를 스치고 햇살이 눈꺼풀 사이를 파고들 때 혜원의 마음 저 밑바닥에서 무엇인가 움찔거렸다. 그것은 꾹꾹 눌러진 시간의 주름 같은 것. 그 속에서 혜원은 사무치는 자신의 마음을 보았다.

부스스한 머리로 마지막 손을 잡았던 엄마. 혜원이 엄마의 얼굴에서 보았던 검은빛은 죽음의 빛이 아니라 삶의 빛이었다. 기억 속에서 끊어졌던 영상을 혜원은 이어나갔다. 스무 살의 혜원은 여행 가방을 들고 나가던 걸음을 돌려 엄마 앞에 앉았다. 엄마는 혜원이 가려던 여행지보다 더 낯선 곳으로 떠날 채비를 하고 있었다. 혜원은 엄마가 가는 멀고 먼 길을 살뜰히 지켜보았다. 그 길 또한 엄마가 선택한 삶의 길이었으므로.

하루하루 작별의 수순을 밟듯 혜원은 걷고 또 걸었다. 그러던 혜원 앞에 어느 날 등산 모자를 눌러쓴 여자가 서 있었다. 여자는 붉은 모란처럼 활짝 핀 얼굴이었다. 혜원은 엄마라고 불러보았다. 그러자 여자는 혜원 자신이었다가 자신의 딸 영채였다가 어느새 한 번도 보지 못한 낯선 여자가 되었다. 혜원은 이제 하루하루 만남의 수순을 밟듯 걷고 또 걸었다.

둑길이다. 눈앞이 환해진다. 넓게 펴진 하늘 위로 수채물감을 풀어놓은 듯 회색 구름이 드리워져 있다. 혜원은 갈급한 마음으로 신호가 바뀌기를 기다린다.

웃으며 삽시다. 800미터 걸어서 즐거운 하루.

계단을 오르자 잘 다져진 흙길 한옆에 구청에서 세워놓은 말뚝이 눈에 들어온다. 흰색의 말뚝 위에는 혜원이 사는 구의 로고인 해와 산과 강이 어우러져 있다. 혜원은 고개를 들어본다. 가없이 넓은 하늘이 둥글게 둑길을 덮고 있다.

개천을 끼고 있는 둑길은 뱀의 몸통처럼 휘돌아 이어지고 둑길 옆으로는 순환도로가 쌍곡선처럼 둑길과 닿을 듯 멀어진다. 길은 작은 다리가 있는 지점에서 타원을 그리며 다시 돌아온다.

# 진부와 강박, 상투와 파국 사이에서

박형숙의 소설에 부쳐

김경수(문학평론가)

작가 박형숙이 이번에 펴내는 작품집에는 작품집의 제목이기도 한 「아홉 번째 고독」을 포함해 모두 일곱 편의 작품이 실려 있다. 그런데 공교롭게도 「풍경, 스미다」와 「칠월의 풀밭」을 제외하고는 거의 모든 작품이 이른바 '불륜' 행위를 소재로 하고 있다는 점에서 특징적이다. 불륜이란 말 그대로 결혼으로 맺어진 배우자가 아닌 이성과의 이성애를 말하는데, 소설적 소재로서 이는 진부하면서도 늘 새로운 호기심의 소재가 된다. 작가 편에서 그것은 최소한의 긴장과 갈등을 조장할 수 있는 이야깃거리인 동시에 독자 편에서도 끊임없이 호기심을 가질 수 있는, 그야말로 '인간적인' 사건이기 때문이다.

사람이기 때문에, 그리고 사람만이 빠져드는 욕망의 드라마인 이런 불륜은 오랜 세월 동안 문학작품의 소재이자 주제가 되어왔다. 하지만 그런 진부함에도 우리 시대의 많은 작가는(국내외를 막론하고) 여전히 다양한 불륜의 이야기를 만들어내고 또 소통의 재료로 삼는다. 그것을 불륜이라 부르든 간통이라 부르든 상관없이 인간 개인에게나 사회적으로나 그것이 갖는 의미가 남다르고 또 그 본질이 쉽사리 파악되지 않기 때문일 것이다. 종교적 신념이라든가 사회적 관습에 충실해서 모범적으로 윤리적인 삶을 사는 사람들에게는 쉽사리 이해되지 않겠지만, 인간은 자신이 어떤 상황에서 어떤 예기치 않은 행동을 하게 될지 아무도 모른다. 더구나 그것이 이성애와 관련된 움직임이라면, 결혼해서 가정을 꾸린 성인들이라고 해도 그 정념을 냉철히 분별해서 이성적으로 자신을 통제하고 행동하기란 극히 어려운 일일 것이다. 소설사는 그것을 반증하고 있고, 다양한 나라의 풍속사 또한 그것을 반증한다.

이 작품집에서 박형숙이 그려내는 불륜의 이야기들은 아주 다양하다. 대학 강사로 있으면서 여제자와 관계를 맺게 된 사내의 이야기가 있는가 하면(「린의 수치」), 대학 동창의 부인과 관계를 맺고 있는 경우도 있다(「풀 스토리」, 「한낮의 꿈」). 그리고 더 나아가 아예 세무사 부인과 작가의 불륜 이야기(「아홉 번째 고독」)도 있고, 명확히 불륜의 장면이 드러나지는 않지만 결혼했으면서도 분방한 성적 일탈을 도모하는 30대 여인의 적극적인 모험 시도담이라 할 수 있는 것(「칠월의 풀밭」)도 있다. 이것까지를 감안하면 이 작품집에서 작가가 반복하는 불륜의 드라마는 아마도 여성의 성적 욕망 탐구와도 일정 부분 연결되어 있는 것으로 보인다. 소설의 발생이 성(sexuality)의 발견과 동시적이라는 사실을 감안하면 이는 어느 정도 자연스러워 보인다.

다양한 매체를 통해 반복적으로 만들어지고 유통되는 불륜의 드라마가 이야기로서 의미를 갖는 것은 그것이 우리 삶에 대한 통찰과 직결되어 있는 경우일 것이다. 한 개인의 성장사가 그의 성적 정체성에 미치는 영향에 대한 탐구에서부터 그것이 반어적으로 드러내는 결혼 제도의 허구성 내지는 편협함과 시대착오성, 그런 등등의 것이 동반될 때 아마도 작가의 문제의식은 소재의 진부함을 넘어 대사회적 설명력을 확보하게 될 것이다. 그런데 이런 경우는 많은 사람이 동의하는 것처럼 주로 일정한 시간 경과를 전제로 한 장편소설의 영역으로 제한되는 게 상례다.

이로 미루어보면 많은 경우 짧은 단편의 양식 속에 불륜의 소재를 담아낸 박형숙의 작업은 예외적이다. 단편의 길이가 불륜 이야기의 전모를 종합적으로 전달하기에 역부족인 것은 물론, 불륜의 이야기 중에서도 담아낼 수 있는 부분이 비교적 파국을 전후한 대목에 집중될 수밖에 없다는 한계를 안고 있기 때문이다. 작가 자신도 이 점을 잘 알고 있는 것으로 판단되는데, 그것은 이 책에 수록된 작품들이 대체로 모두 그 이야기의 파국에 초점을 맞추고 있다는 점만 보아도 확인된다. 그리고 파국에 초점을 맞추고 있다는 것은 곧 작가가 불륜의 외부적 형상이 아니라 그 당사자들의 내면 풍경에 집중하고 있다는 뜻으로 이해된다.

우리 주변에서 신문의 사회면을 통해 흔하디 흔하게 거론되는 이 불륜의 드라마를 그려내면서 박형숙은 일단 특정 남성이나 여성의 입장에서 사안을 바라보기보다는 관련 당사자의 시선을 동시에 제시하는 편을 택한다. 물론 이야기를 이끌어가는 화자는 존재하지만, 독자에게는 그의 의식과 태도는 물론 그 상대자의 의식까지도 한꺼번에 제시하는 방법을 취하는 것이다. 「비행」과 「한낮의 꿈」 그리고 「풀 스토리」가 그러하다. 아마도 「풀 스토리」라는 작품의 제목이 작가의 그런 방법론을 단적으로 의미하고 있는 것으로 보인다. 영어 제목을 고집한 이유는 따로 있겠지만, '풀 스토리'라는 제목은 여러모로 시사적이다. 단편의 양식이 건드릴 수 있는 영역은 완전한 판본이나 경개가 아니라 그것의 일부분인 일방적인 이야기(들)일 수밖에 없다는 인식이 표제에 깔려 있는 것으로 보이기 때문이다. 일반적으로도 그렇지만 불륜은 그 행위는 하나일지라도 언제든 복수의 해석을 동반한다. 바로 그렇기 때문에 불륜의 이야기는 끝없이 문제의 핵심을 겉도는, 갈등하는 시선의 경합장인지도 모를 일이다.

「풀 스토리」의 주인공은 대학 강사로 있는 태환이다. 그는 사회적으로 돈 잘 버는 대학 동창 영수의 아내 미령과 불륜 관계에 빠지게 된다. 급기야 영수마저 아내의 입을 통해 그 사실을 알게 되고, 사건은 영수가 태환의 집으로 쳐들어와 난리를 피우는 장면까지 연출된다. 물론 어떤 폭력이 수반되는 것은 아니다. 폭력은 오히려 자신을 서서히 멀리하게 되는 미령을 찾아가 그녀를 때린 태환한테서 발생하는데, 그에 비하면 오쟁이 진 영수에게 폭력이나 또 다른 분란의 기호를 제공하지 않은 작가의 배려가 남다르다. '풀 스토리'라는 제목에서도 일정 부분 드러나듯이, 이 작품에는 불륜 주체인 태환과 오쟁이 진 남성 영수의 시각이 동시에 드러나 있다. 한번 인용해보면 다음과 같다.

미령의 말은 영수를 어떤 심연으로 빠뜨렸다. 차라리 미령이 태환을 사랑한다고 말했다면 이해하기가 쉬웠을 것이다. 잠깐 태환의 매력에 빠졌었다고 했다면 그것이 더 인간적으로 다가왔을 것이다. 적어도 거기엔 사랑이라는 감정이 있다. 그런데 한낱 호기심 때문이라니, 자기 인생에 대한 호기심 때문이라니. 이건 너무 무책임하다. 아니, 아니, 이건 자기 합리화에 불과해. 싸구려 불륜이나 저지른 주제에 자유를 말하다니. 바람둥이들의 전형적인 수법이 아닌가. 미령이 바람둥이였던가? 결혼할 무렵 미령은 단정하고 착하고 소박한 여자였을 따름이다. 겁도 없이 그런 일을 저지르다니, 또 겁도 없이 그 일을 스스로 고백하다니. 영수는 미령을 이해해보려 애를 쓰면 쓸수록 점점 더 미궁에 빠져드는 자신을 발견했다.

_「풀 스토리」, 25~26쪽

물론 태환은 알고 있었다. 미령과 함께하는 시간이 언젠가는 끝난다는 것을. 태환은 자신에게서나 미령에게서나 이혼을 생각해본 적은 없었다. 미령과 영수의 결혼은 태환이 미령을 알기 이전에 일어난 일이었다. 그것은 막아보려야 막아볼 수 없는 일이었다. 마치 미령을 향한 태환의 감정을 어쩔 수 없듯이. 아내에 대해서도 마찬가지였다. 태환은 아내를 예전처럼 열렬히 사랑하지는 않았다. 그렇다고 해서 그것이 헤어질 이유가 되는 것은 아니었다.

_「풀 스토리」, 29쪽

첫 번째 인용문은 아내한테서 고백을 들은 뒤 남편이 보인 반응이며, 두 번째 인용문은 불륜 당사자인 태환의 생각이다. 소설이 설정한 상황을 받아들인다면 위의 두 반응은 모두 개연성이 있다. 아내라고 해도 남인 이상 그 속을 온전히 알기란 어렵다. 사랑의 강도가 떨어졌다고 해도 법적으로 그 관계를 정리한다는 것은 쉽지 않다. 이른바 '일심동체'라는 말이 애초부터 불가능하다는 것은 알 만한 사람들은 다 알고 있으며, 이혼해봐야 그 이전 상태보다 더 나은 부부생활의 상대를 만나리라는 가능성 또한 환상에 불과하다는 사실은 부부생활을 영위해본 사람들이라면 아마 누구라도 알고 있을 것이다.

그렇다면 여성은 어떨까? 「풀 스토리」에서 영수를 미궁에 빠뜨리는 아내 미령의 속마음이 명확히 밝혀진다면 다행이지만, 이 작품에서 미령은 자신의 일탈 원인을 "그냥 궁금했어"라는 말로 요약할 뿐이다. 소설을 윤리적으로 읽는 이들이라면 이 부분에서 미령을 단죄할 수는 있겠지만, 그것은 소설을 옳게 읽는 방법이 아니다. 아마도 작가로서는 그 부분을 텅 빈 채로 남겨두는 것이 온당하다고 판단했을 텐데, 다행히 그에 대한 한 가지 해석의 단서가 다른 작품에 있다. 역시 대학 동창의 아내와 부적절한 관계에 빠져들어 급기야는 아내가 출근하고 없는 집으로까지 여인을 불러들여 성관계를 맺는 이야기를 그린 「한낮의 꿈」이 그것이다. 이 작품의 여주인공 미희는 주인공 사내와 그의 좁아터진 서재에서 관계를 갖고 난 뒤 자신의 행위는 "사랑이 아니라 욕망"이었다는 것을 분명히 밝힌다. 그리고 더 나아가 자신이 그런 욕망을 "사랑이라든지 뭐 그런 말들로 나 자신의 울타리를 삼으려고 했"다고 고백한다.

옳건 그르건 사람살이의 모든 결정에는 명분이 필요하다. 소설적으로 이 작품의 여주인공 미희의 위와 같은 말은 한편으로는 진실이면서 다른 한편으로는 진실이 아닐 수도 있지만, 그 말이 필요한 것은 그런 이유에서다. 불륜의 당사자로서 그들은 자신의 선택과 행위에 대해 스스로 납득할 만한 근거가 필요할 텐데, 그 점에서라면 위와 같은 말은 일면적으로 진실이고 또 진실이 아닐 수도 있다. 불륜이 실현되는 경우의 수는 그 당사자들의 수만큼이나 많을 것이다. 그러니 사랑이 그렇듯, 혼외의 이성애적 만남 또한 어떤 본도 상정될 수 없다. 하지만 분명한 것은 그런 자의식이 태동하는 순간 불륜 당사자들은 자신들의 현재 삶의 위기를 인식하지 않을 수가 없으며, 급기야 그런 인식은 불륜에 대한 근본적 평가와 해석으로 이어져 어떤 잠정적인 파국을 맺지 않으면 안 된다는 사실일 것이다.

이 과정에서 박형숙이 '수치'라고 하는 감정을 발견해내는 것은 이채롭다. 「린의 수치」에서 제자와 관계를 가진 직후 대학 강사는 그녀의 심리를 읽어내는 대목에서 "준비되지 않은 상태에서 육체적 관계를 맺은 여자의 심리적 도달점은 수치심"이라고 생각한다. 사실상 그것은 모든 성관계에 개입하는 감정으로서, 어떤 명분을 찾지 못한 불안감의 반영일 것이다. 남성 인물 또한 작품 말미에서 "내게도 그런 것이 있을까? 깃털처럼 가벼운 시대에 나를 지그시 아래로 당겨줄 그런 무거운 추 같은 것이 과연 있을까? 어쩌면 수치심은 가벼움을 견딜 수 없는 나약한 인간만이 갖는 중력의 무게인지도 모른다"라고 자문하고 있다. 그 시점(時點)과는 상관없이 이 수치심은 박형숙의 이번 소설에 등장하는 모든 인물을 망라하고 있는 공통된 감정으로 보아도 손색이 없다. 그리고 어쩌면 이 탐구가 좀 더 진행된다면, 그것은 우리 시대의 풍속으로 당당히 자리 잡고 있는 불륜에 대한 사회적 탐구로 이어질지도 모른다.

박형숙의 소설이 '풀 스토리'를 지향점으로 밝히고 있는 것은 어떤 의미에서 남녀의 불륜담이 어떤 식으로든 풀 스토리로 규명될 수 없다는 한계를 인정한 것이라 할 수 있다. 어쩌면 그 풀 스토리를 재현하는 것의 불가능성을 통해 '불륜'의 소통 불가능성을 이야기하는 것인지도 모른다. 그런 의미에서라면 박형숙이 그려내는 불륜의 이야기는 본질적으로 '실패'할 수밖에 없는 이야기들이다. 불륜 이야기에 다양한 시작과 증폭의 과정이 있겠지만, 어느 것을 막론하고 사회적 제도 안에서는 일정한 파국에 도달할 수밖에 없다는 것, 그리고 그 과정에 이르러서야 비로소 불륜 당사자들은 자신들의 불륜 계기를 회고적으로 재구할 수밖에 없다는 냉정한 인식을 박형숙의 소설은 보여준다. 어쩌면 진행이 시작된 직후 일정 시간이 지나면 어쩔 수 없는 파국과 직면할 것이라는 점을 알면서 진행되는 게 모든 불륜 이야기의 운명일지도 모른다.

불륜과 관련해 이 작품집에서 작가가 포착해낸 또 하나의 풍경으로, 앞서 이야기한 바 있는 「한낮의 꿈」의 장면을 들 수 있다.

> 그녀와 나는 아랫도리만 벗고 있는 우스꽝스러운 모습으로 한동안 죽은 듯이 누워 있었다. 회전의자와 책장과 빈 상자 사이에서 끼어 있느라

그녀도 나도 옴짝달싹할 수 없다. 내 오른쪽에 누워 있는 그녀는 지금 이 순간 무슨 생각을 할까?

_「한낮의 꿈」, 51~52쪽

소설은 풍경을 그리고, 독자는 그 풍경 속에 내장된 또 다른 풍경(그것이 내면이든 의식이든)을 읽음으로써 작품을 받아들인다. 박형숙이 그려내는 다양한 불륜 커플은 사실상 위와 같은 상태에 놓여 있는 인물들이다. 좁은 방 안에서 남들의 시선을 피해 숨어들어 관계를 가진 뒤 죽은 듯 누워 있는 인물들의 반라 형상은 제도와 본능, 의식과 무의식을 동시에 체현하고 있는 어떤 상태의 비유로 읽힌다. 그리고 서로를 품고 있으면서도 도저히 그(그녀)의 속생각은 알 수가 없어 안달하고 초조해하는 두 사람의 풍경은, 불륜 당사자들의 처지란 마치 목숨을 구하기 위해 올라탄 난파선에서 우연히 조우한 관계 이상도 이하도 아니라는 걸 말해주는 것으로 읽히기도 한다. 이 작품의 남성 인물이 여성 인물이 집을 나간 뒤 불현듯 정신이 들어 허겁지겁 속옷을 입는 결말의 쓸쓸하면서도 희화적인 장면을 눈여겨보라.

불륜에 대한 작가의 문제 제기는 필연적으로 동시대의 결혼제도에 대한 의문과 연결된다. 그리고 아마 이 연관성은 우리 시대를 살아가는 사람들이라면 누구든 동의하지 않을 수 없는 현실일 것이다. 그런 의미에서라면 작가 박형숙은 이 불륜의 이야기를 통해 우리 시대 남녀 결연의 의미를 묻고 싶었다고 판단된다. 서른 살 초반의 유부녀와 이혼녀들의 짝짓기에 대한 시행착오를 그린 「칠월의 풀밭」이 그런 추정을 뒷받침해준다. 그런 점에서 박형숙의 문제의식은 비교적 선명하다고 할 수 있다. 하지만 결말이 미리 예기된 이야기의 포맷을 통해 작가가 어느 정도의 이야기 변형 가능성을 실험했는지는 독자에 따라 의견이 다를 것이다. 개인적으로는 제도적 결혼을 매개로 한 만남의 이야기가 불륜 상대자들의 과거로서 좀 더 선명하게, 그리고 다양하게 그려졌더라면 어땠을까 하는 아쉬움이 드는 것이 사실이다. 하지만 그렇더라도 불륜의 이야기가 박형숙에게서 다시금 상투적으로 반복된 것은 아니라는 점은 분명하다. 상투적인 이성애의 이면에 얼마나 많은 감정과 욕망이 서로 엇갈리고 있는가를 그녀의 소설은 풍성하게 그려내고 있기 때문이다. 그것이 우리 시대의 상투적인 사랑의 방식에 대한 포괄적이면서도 복합적인 풍경화로까지 구체화되었는가는 의당 물어야 할 질문이지만, 단편의 양식에서 그것을 기대하기는 조금 어렵다. 박형숙의 그다음 단계의 소설적 천착이 다시금 이 테마에 집중된다면, 그때는 조금은 다른 접근이 필요해 보인다.

| 작가의 말 |

〈가시나무새〉.

노래방에 가면 이따금 부르는 노래이다. 어디 나뿐이겠는가. 스스로 마음을 다친 이들이 자주 부르는 노래이기도 하다.

'내 안에 내가 너무도 많아…….'

소설을 쓰는 이유는 내 안에 내가 너무도 많기 때문인 것 같다.

범생이 기질. 어린 시절 거짓말을 한 대가로 혼쭐이 나도록 맞은 일이 있었는데 그 일의 여파인 것 같다. 조그만 장난감을 친척 집에서 들고 왔던 사실을 숨겼다가 발각된 일 때문이었다. 어린 나이에는 한 번쯤 있기 마련인 사소한 일이었는데도 불구하고 그 일의 여파는 길었고 끈질겼다. '참말만 해야 하느니라.' 이런 문구가 뼛속 깊이 새겨졌던 것인지도 모른다. 거짓말은 몹시 두려운 것이 되었다. 조금이라도 거짓말을 하게 되면 눈꺼풀이나 콧구멍 따위의 기관들이 묘하게 떨려왔으니까. 그렇게 자란 범생이는 좋은 학교도 들어가고 좋은 직장도 들어가게 되었다. 문제는 범생이의 내부에 점점 거짓말이 쌓여갔다는 점이다.

범생이가 소설을 쓰다 보니 인물들이 어째 다 불륜의 주인공들이다. 친구의 아내와 놀아나는 동창생이나, 그 사실을 곧이곧대로 남편에게 말하는 부인이나, 아내의 외도 사실을 알면서도 자신의 외로움 때문에 눈감아 주는 남편이나, 희대의 탕녀처럼 세상의 모든 남자를 다 품을 수 있다고 큰소리치는 유부녀나, 소설을 미끼로 여자들을 유혹하는 작가나, 자기도취적인 문학 선생의 농락에 수치심이라는 연약한 무기밖에 내세울 수 없는 시인 지망생……. 한때 나는 그들이 거창한 깃발을 들고 있는 줄 착각했었다. 가령 '잘 가라 로맨스' 같은 깃발이라든가, '가부장제는 이제 그만' 같은 깃발 말이다.

욕망을 추구하는 여자들과 그런 여자를 사랑한다고 믿는 남자들. 새로운 구도 위에 놓인 인물들이라고 여겼던 그들의 행동은 자가당착에 가까웠다. 어쩌면 나는 조금은 잔인한 심정으로 잘난 체하지만 어수룩하기 짝이 없는 그들의 부끄러운 속내를 낱낱이 보이고 싶었는지도 모른다. 그런데 이제 그들을 애틋한 심정으로 바라보지 않을 수 없다. 어수룩함이란 어쩌면 그들 자신의 정직성이며, 자가당착은 인간이 안고 있는 근원적인 모순에서 오기 때문이다. 자가당착을 무릅쓰고 자신을 주장하려 애쓰는 그들이 일면 귀엽기까지 하다.

누군가 했던 말이 떠오른다. "앉아 있거나 서 있는 것보다, 앉아 있는 것도 아니고 서 있는 것도 아닌 상태가 훨씬 더 힘들다." 그렇다. 이쪽도 아니고 저쪽도 아닌, 현실도 아니고 환상도 아닌, 경계에 서 있는 일은 몹시 힘들고 부자연스럽다.

하여 나는 내 소설 속 인물들에게 미안하기도 하다. 나 때문에 그들은 현실과 환상의 좁은 틈바구니에서 겨우 존재하느라 힘들었을 것이다.

이제 그들과 작별할 때다.

어려운 시절에 책이 나올 수 있도록 도와주신 실천문학 식구들께 깊이 감사드린다. 내 곁에서 오랫동안 견뎌준 J에게도 감사와 사랑을 보낸다. 더 많은, 소중한 이들에 대한 감사는 가슴에 새길 것이다.

# 아홉 번째 고독

2014년 7월 16일 1판 1쇄 찍음
2014년 7월 23일 1판 1쇄 펴냄

지은이 박형숙
펴낸이 김남일
편집 이호석, 박성아, 이승한
디자인 김현주
관리 · 영업 김태일, 박윤혜

펴낸곳 (주)실천문학
등록 10-1221호(1995.10.26.)
주소 서울특별시 마포구 월드컵로10길 48 501호(서교동, 동궁빌딩)
전화 322-2161~5
팩스 322-2166
홈페이지 www.silcheon.com



ISBN 978-89-392-0718-9 03810



이 도서의 국립중앙도서관 출판시도서목록(CIP)은 e-CIP홈페이지(http://www.nl.go.kr/ecip)와
국가자료공동목록시스템(http://www.nl.go.kr/ kolisnet)에서 이용하실 수 있습니다.
(CIP제어번호:CIP2014020442)